KB026387

고은과의 대화

고은과의 대화

실천문학

차례

제4부 시를 꿈꾸다

제5부 죽음과 운명

권두사(卷頭辭)

아쇼크 바즈페이(Ashok Vajpeyi)

고은은 많은 점에서 놀라운 시인이다. 그의 시의 현장은 틀림없이 한국이지만 그의 탐험과 통찰에는 보편성이 있다. 고집스러운 지역성은 힘들이지 않고 지구적(地球的)인 것이 된다.

그의 시의 범주는 놀라울 정도로 폭이 넓다—삶, 인간의 역경, 유혹과 불안, 자연, 도덕성, 명상과 혁신, 전통의 메아리, 민중, 사건들, 일상의 이미지, 일상성, 이름들, 상징들, 비유들, 기억, 등등.

정치적 견해 때문에 고통을 당하고 수차례 투옥되었던 시인 고은은 그러나 아주 온화하고 교양 있는 사람이며, 절로 우러나오는 그의 인간애는 역경이든 명성이든 그것으로 인해 약해진 적이 없었다. 어쩌면 이 세상에서 고은처럼 많은 시를 쓴 시인도 없을 성 싶다. 고은은 시를 쓰고 있을 뿐만 아니라 시를 몸소 구현(具顯)하고 있는 듯이 보인다. 그는 자신의 리얼리즘은 자주 결빙점의 객관보다는 비등점의 주관이 강하다고 선언하고 있다.

세계의 시에 대한 그의 지식은 깊다. 가령 파울 첼란에 대해 고은은 "첼란이 아름다움 보다 진실을 선호한 것은 그가 반대로 언어의 아름다운 표현이 거짓이 되고 진실의 반대가 되는 걸 우려했음을 암시하고 있습니다"라고 말한다. 고은은 나아가 "지금도 여기저기에서 인간성에 깃들어 있는 악의 다른 여러 형태들이 만들어내는 극단적인 상황들이 벌어지고 있다"고 단언한다.

좀 더 대담하게도 고은은 시의 독립적인 지위를 창조하기를 원한다. 그는 "시는 문학의 한 장르로부터 벗어나 독립하고 문학 너머의 새로운 의미를 가져야 합니다. 그렇게 함으로써 나는 인류의 가장 오래된 유산인 시의 지위를 예술 일반을 아우르는 하나의 메타예술로 확립하고 싶습니다. 그리하여 소설이 지배하며 논픽션이 범람하는 이 시대를 극복하고 싶은 것입니다." 고은은 계속해서 "궁극적으로 나는 시 없는 시, 시 없는 시인이 되고 싶고 시인 없는 시가 되고 싶습니다. 나는 언어 이전과 이후의 시에 속하고 싶습니다"라고 분명히 말한다.

이 흔치 않은 책은 국제적 명성을 가진 철학자 라민 자한베글루가 일정한 기간에 걸쳐 몇몇 장소에서 시인과 가졌던 긴 대화집이다. 매우 겸손하고 또 호기심이 많은 이 철학자는 시인에게 말을 걸어 시인으로 하여금 자신의 삶과 비전과 미학, 글 작업, 불안, 그리고 시인이 겪었던 그리고 그 안에서 집필해 온 여러 단계에 걸친 삶에 대해 말하도록 유도한다.

그 결과 아주 치열하고 많은 걸 밝혀주며 풍요롭고 통찰력 있는 하나의 기록이 만들어졌고, 그것은 우리로 하여금 우리 시대의 한 중요한 시인에게 가까이 가게 만들고 있다. 그것은 또한 우연하게도 시와 철학은 아무리 서로 멀리 떨어져 있어도 의미 있고 풍요로운 대화를 가질 수 있음을 보여 준다.

감사의 말

이 책을 만들기까지 지지해주신 모든 분께 감사한다. 우선 나는 매우 특별한 세 사람을 감사의 마음으로 기억한다. 나의 아내 아진 모알레즈는 내가 없는 동안 우리 가정을 언제나 환하게 지켜주었다. 대시인 고은 선생님은 나에게 이 대화를 나누는 영광을 베풀어주었다. 그리고 나의 친구 아쇼크 바즈페이는 따뜻한 마음, 친절함, 그리고 삶의 시적 감각으로 나를 고무해주었다.

특히 나의 질문을 한국어로 번역해주고 대시인의 답을 영어로 번역해주며 이루 말할 수 없는 많은 도움을 주신 안토니 수사님과 이상화 교수님께 특별한 감사를 드린다. 이에 못지않게 마지막으로 이 책을 만드는데 정성을 다 바쳐준 편집진에게 감사하고 싶다.

—라민 자한베글루

시인의 춤

라민 자한베글루

내가 고은 선생님을 처음 만난 것은 2009년 11월 폴란드의 크라쿠프에서 열린 제 2회 '시인들의 만남'이라는 행사에서였다. 내 친구 아담 미츠니크는 폴란드의 시인이며 노벨문학상 수상자인 체슬라프 미워시의 1953년도 작품인 논픽션『사로잡힌 정신』에 대한 토론자로 이미 나를 초대한 적이 있었다. 나는 크라쿠프 시축제에 참석함으로써 내가 작품을 읽은 바 있는 쉐이머스 히니나 비슬라바 심보르스카 같은 위대한 시인들과 알게 되는 대단한 기회를 갖게 되었다. 심보르스카는 그 전 2003년에 폴란드 외무성이 주관한 여행 중에 만난 적이 있었다.

그러나 고은 선생님을 만난 것은 하나의 축복이었다. 나는 언제나 나 자신을 동양인으로 여기고 있는데 남한의 시에 대해서는 아는 것이 별로 없었다. 나는 고은 선생님의 고요하고 맑은 품성에 매혹되었다. 영어를 말하지는 못해도 그의 몸짓 자체가 천 배의 말이었다.

나는 영어로 번역된 고은의 시를 좀 더 읽기 시작했고 그의 시 옆에 그의 흥미로운 삶의 조각들을 놓아보았다. 나는 언젠가 그를 다시 만나 내 머릿속을 맴도는 모든 질문들을 물어볼 수 있기를 소망하고 있었다.

다행히 2019년 뉴델리에서 개최한 제2회 '아시아 시 비에날레'에서 우리의 길이 교차했다. 이번에는 그와 대화를 나누고 책을 만들고 싶다는 생각을 갖게 되었다. 그 주된 원인은 고은 선생님의 삶과 작품에 대한 나의 열정을 전세계 사람들과 공유하기 위해서였다. 나는 독자들의 영혼 속에 고은 시의 강렬한 속삭임을 느끼게 해주고 싶었다. 나는 미래 세대들이 이 시인의 삶에 대해 더 많은 걸 배울 수 있다고 생각했다. 나는 내가 고은 선생님에게서 배운 것을 전 세계 사람들의 우편함에 넣을 수 있는 우체부가 되고 싶었다.

내가 오랜 시간에 걸쳐 고은을 읽고 대화하면서 깨달은 것은 그의 시는 한국어로 썼지만 인류의 것이라는 것이었다. 그의 시는 세계의 심장 박동으로 우리 인간의 운명의 백지(白紙)를 두들기고 있다. 고은 선생님의 시는 번역으로 읽어도 유럽인, 아프리카인, 또는 서(西)아시아인을 위해 썼다고 느껴진다. 모든 위대한 시인들은 보편의 언어로 말한다. 바로 그 때문에 고은은 그렇게도 세계의 많은 시인들 작가들 문학평론가들로부터 기림을 받는 것이라고 나는 생각한다.

그중 몇 개만 인용해보면, 영국의 계관시인 앤드류 모션은 2012년에 고은에 대해 다음과 같이 말한다.

경험에 대한 그의 굶주린듯한 식욕, 그가 그 경험을 통합하는 신속성, 그의 리듬이 갖는 과민한 에너지-이 모든 것은 지나가는 매 순간에 거주하면서 그러나 그 모든 순간들이 중단 없이 서로에게 흘러 들어가는 것을 보는 것에 특별한 관심을 가진 이 시인의 전형적인 특질이다. 이것이 그가 자신과 다른 사람들을 거주시키는 과정이다. 그것이 그를 독자적

인 사람으로 만들며 이 세계의 매우 웅변적인 시민으로 만들고 있는 것이다.

미국 시인 개리 스나이더는 "그 순결성, 그 긴장해 있는 명료함, 그리고 그 연민의 마음 때문에 그의 시들은 '한국적'일 뿐만 아니라 세계에 속하는 것이다. … 고은은 한국문화 전체의 한 중요한 대변자일 뿐만 아니라 또한 이 행성 지구 유역(流域)을 대변하는 하나의 목소리이기도 하다" 라고 말한다.

고은은 어마어마한 문학적 성취를 이룬 시인이다. 지금까지 160권의 저서를 생산했으며 곧 더 많은 책이 나올 것이다. 그는 홍미로운 삶을 살아온 예외적인 시인이다. 클레어 유는 그것을 다음과 같이 요약하고 있다.

고은은 의심의 여지 없이 당대 한국 시인들 중 거인이다. 그의 시는 유년기에서 지금의 노년기에 걸쳐 있는 기억과 경험으로 충만하다. … 그는 조숙한 소년으로, 영혼을 갈구하는 승려로, 고통스럽고 허무적인 떠돌이로, 격렬한 반체제 인사로, 그리고 마침내 한 가족의 일원으로 살아오고 있다.

알렌 긴즈버그는 다음과 같이 말하며 고은에게 경탄한다 "그는 마침내 귀신에 이끌린 한국시의 보살이다. 생동하며, 민중적이고, 풍성하며, 시 창작에 사로잡혀 있다. … 고은은 장대한 시인이며, 불교인 감정가(鑑定家), 열정적인 정치적 자유의지론자 그리고 박물학자의 결합체이다." 한 독일 작가이며 문학평론가는 고은을 일러 '우리 시대 위대한 서정시인들 가운데 샤먼'이라고 말했고, 프랑스의 저명한 시인 미쉘 드기는 네르발의 유명한 싯귀를 변용시키며 "고은은 아케론강(江)을 열 번이나 승자(勝者)로 건넜다"라고 찬사를 보냈다.

한 시인의 작품을 이해하기 위해서 우리는 그의 배경을 알고 이해하지 않으면 안 된다. 고은은 1933년 한국의 전라북도 군산에서 태어났다. 소년 시절 문둥병자 시인 한하운의 시집을 만나면서 시를 발견했다. 하지만 시의 기쁨은 오래 가지 못했다. 고은의 삶은 한국전쟁으로 허물어지고 이후 일련의 자살 시도가 있게 된다.

고은은 종교 세계로 돌아서서 효봉(曉峰) 대선사(大禪師)의 제자가 되었다. 흥미롭게도 고은은 첫 시집『피안감성(彼岸感性)』을 1960년 승려 시절에 펴냈다. 그 무렵 그는『불교신문』을 창간하는 일에 동참하기도 했다. 그후 곧 그는 승려의 삶을 떠났다.

"시인이란 무엇인가?"라고 덴마크의 위대한 철학자 쇠렌 키에르케고르는 묻는다. 그리고 "심장에 깊은 고뇌를 감추고 있는 불행한 사람"이라고 답한다. "그러나 그의 입술은 한숨과 울음이 나올 때마다 그것이 아름다운 음악 소리로 들리도록 만들어져 있다."

고은은 이 시적 고뇌를 짊어지고 다니며 제주도에서 계속 시를 쓰고 학생들을 가르쳤다. 넘쳐흐르는 창조력을 가지고 있고 또 그의 두 번째 시집『해변의 운문집』과 그 밖의 여러 저서들을 출간했음에도 불구하고 1970년에 그는 4번째로 목숨을 끊으려고 했다. 그 후 그는 우연히 한 노동자의 분신자살과 만났고, 그것을 계기로 점차 한국의 민족적 반체제 작가가 되었다.

고은은 '자유실천문인협의회'의 창설을 도모하고 초대 대표 간사로 일했다. 그는 가혹한 박해를 받았고 수차례 투옥되었다. 그러나 그는 한 번도 멈추지 않고 시와 여행기와 유명한 소설 『어린 나그네 (소설 화엄경)』를 포함한 소설 등을 썼다.

1980년대 초 사면을 받아 감옥에서 풀려난 후 결혼을 한 고은은 자신의 시인 경력에 새로운 장(場)을 열게 된다. 한 문학평론가는 그것을 '시의 폭발'이라고 표현했다. 고은은 그의 유명한 『만인보』 시편들을 집필하기 시작했는데 거기서 그는 살아오는 동안 만난 사람들과 함께 한국 역사 속의 인물들의 초상을 그리고 있다. 그는 또 시집 『조국의 별』을 출간했고 그 시집 이후 수많은 시집과 산문집이 나오게 된다.

1989년 고은은 '한국민예총' 의장이 되었고 이어 '민족문학작가회의'의 회장이 되었다. 1992년에 한국에 민간정부가 들어서자 고은에게 여권이 주어지고 작품의 번역이 허락된다. 그는 주로 문학제와 시 축제의 초대를 받아 전 세계를 널리 여행하기 시작하는데, 문학 축제에서 그는 사랑받고 기림을 받았다.

지난 30년 동안 고은의 작품은 동서양의 약 35개국어로 번역되었고 그의 시는 전 세계에서 높은 평가를 받으며 널리 유명해졌다. 국내외에서 약 30개의 문학상 등을 받았는데, 그 일부를 보면 한국문학상, 그리핀 평생공로상, 마케도니아 스트루가 시 축제의 황금화환상, 그리고 멕시코시티 시 축제의 신 황금시대 시상 등이 있다. 그는 노벨 문학상 최종 명단에 수차례 오른 것으로 알려졌다.

평생 고은은 시인과 저항자, 삶과 죽음의 불안한 경계를 가로지르며 살아왔다. 시의 도달이 깊어질수록 그는 삶의 본질에 더 가까이 다가갔다. 어떤 시인도 고은보다 더 델피의 격언 "너 자신을 알라"가 더 심오하게 들어맞는 시인은 없다. 이런 이유로 고은에게 시는 되어감의 과정이며 그의 최후의 작품은 그 첫 작품과 필경 다르지 않을 수 없다고 우리는 말할 수 있다. 어떤 점에서 그는 자기 자신의 완성된 시(詩) 작품이다.

고은은 우리가 나눈 대화에서 힘주며 말한다. "궁극적으로 나는 시 없는 시, 시 없는 시인이 되고 싶고, 시인 없는 시가 되고 싶습니다. 나는 언어 이전이나 이후의 시에 속하고 싶습니다."

그런 만큼 고은에게 쓰기란 말하지 않은 것의 목소리에 귀 기울이는 것이다. 그는 언어를 소유하지 않는다. 언어가 그를 소유한다. 그 사실은 한 시인의 존재와 언어의 비밀 사이의 관계에 대해 많은 것을 말해준다. 한 문학평론가가 고은에 대해 말했듯이 "어쩌면 그는 시를 종이에 쓰기 전에 시를 숨쉬는지도 모른다. 나는 그의 시가 펜이 아니라 그의 매혹적인 숨결에서 나온다고 상상할 수 있다."

스테판 게오르그의 유명한 싯귀, "언어가 실패하는 곳에는 어떤 것도 존재할 수 없다"는 말은 바로 고은 같은 시인과 그의 세계 사이의 관계를 아주 잘 설명해 주고 있다. 바로 그것이 고은 시의 정신적 부(富)이다. 다시 말하면 세계가 꿈의 나라처럼 그의 눈 앞에 놓여있는 것이다.

그러나 물론 이것은 또한 삶의 불의(不義)에 대한 공개적인 반항이기도 하다. 그 모든 것은 금기의 질문, "시 쓰기는 어느 정도까지 반체제 행위인가?"라는 질문을 불러일으킨다.

시인들은 어제나 용감한 영혼을 가진 자들이었고 독재와 전쟁, 폭력 등과 맞서 싸웠다. 이 관계에서 고은은 분명 블라디미르 마야꼽스

키, 페데리코 가르시아 로르카, 파블로 네루다, 르네 샤르, 그 밖의 많은 시인들 옆에 자리한다.

미국 시인 로버트 하스는 고은을 이렇게 찬미한다. "고은은 놀라운 시인이며 이 (20세기) 후반 인간의 자유를 위해 싸웠던 영웅 중 한 사람이자 종교적 시인으로 우연히 현대사의 끔찍한 사건들에 얽히게 된 시인이다. 그러나 그는 그 일을 훌륭히 감당했던 대단한 시인으로, 그것은 인간들 가운데 이룬 위업이다."

반체제 인사는 반 인습과 반 순응주의를 강조하는데, 이것이야말로 고은의 시에서 보이는 두 가지 특질이다. 간디의 불복종 운동처럼 그것은 격렬하지 않으나 반대하고 저항한다. 고은이 평화에 대해 바치는 아름다운 찬가 중 다음 몇 줄을 보라.

평화의 노래

평화는 파도입니다
파도쳐 살아 있습니다
그 파도 아래
온갖 고기들이 헤엄쳐 살아 있습니다
온갖 산호들이 자라납니다
그 파도 위 그 어디에도 저 혼자 높지 않고
해 지는 수평선까지
누구에게나 자유이고 누구에게나 평등입니다
그 평화의 파도 위 내달리는 흰 돛폭 팽팽합니다

평화는 밥입니다
지난 시절 두메산골 몇 가호 마을에서
밥 짓는 연기 거룩하였습니다
빵 굽는 아침 연기 아름다웠습니다
평화는 밥이고 빵입니다

그 이전에 쌀이고 밀이고 옥수수입니다
평화는 밥처럼 빵처럼 절실합니다
동북아시아 상형문자로
평화는 골고루 입에 밥이 들어가는 것입니다
그래서 이 세상의 친구들이
다 함께 빵 먹는 날이 평화입니다
지상의 모든 굶주림 사라지는 것이 평화입니다
(생략)

시인들은 위험스럽게 창조한다. 어쩌면 그 때문에 시인들은 체제 순응주의와 안주(安住)의 세계에서 언제나 반체제 주의자들인 것이다. 가장 용감한 행위는 시 쓰기이지 혁명을 하는 것이 아니다. 왜냐하면 죠지 스타이너가 말한 것처럼 "시는 사유의 음악"이기 때문이고, 고은이 말하는 것처럼 "시는 역사의 음악"이기 때문이다. 시적 질문은 고은 같은 시인-사상가에게서 최선의 것이 나온다.

고은의 영향력 있는 시는 한국에서 역사적 기억의 기능을 수행한다. 그의 시적 증거는 오늘의 한국의 집단의식의 한 부분이다. 동시에 고은은 보편성을 가진 시인이다. 우리는 그를 동양적 고정관념의 한 전형(典型)으로 만들지 않도록 조심해야 한다. 이것은 내게 라빈드라나드 타골이 자신의 『기탄잘리』가 서양에서 호의적으로 받아들여진 후 벵갈의 한 친구에게 썼던 글을 상기시킨다. "내가 받은 인상은, 아무것도 기대하지 않았던 어떤 장소가 무엇인가를 그것이 평범한 것일망정 만들어낼 때 사람들은 그것이 이곳의 정신상태라고 놀라워한다는 것입니다."

시는 물과 같다. 시는 태어나고 나중에 번역되는 언어와 문화의 모습을 취한다. 그래서 모든 시에는 숨어 있는 힘이 있고, 그것은 새로운 언어에서 새로운 활력을 얻는다. 고은의 시에 불멸성을 주는 것은 시의 바로 이 같은 변형하는 특질이다.

어떤 시에서 고은은 당당하게 이렇게 쓰고 있다. "이 세상 떠날 때/나도 춤추며 떠나리" 춤은 존재의 가벼움이며 그것은 한 시인의 무게를 그가 아니 다른 어떤 것으로 바꾼다. 그리고 실로, 눈물과 재(灰)에서 남을 것은 시 그리고 그 시의 영겁회귀뿐이다.

2020년 6월, 인도 델리에서

* **REFERENCES**(참고도서)

Deguy, Michel. 2008. 'Foreword'. Maninbo. tr. Ye-Young Chung & Laurent Zimmerman, Paris: Édition Belin

Ginsberg, Allen. 1997. 'Foreword'. What? Berkeley: Parallax Press.

Hass, Robert. 1999. 'On Korean Poetry and Ko Un'. Korean Culture 20 (1). Reprinted in What Light Can Do (New York: Ecco, 2012).

Kierkegaard, Søren. 2000. 'Either/Or: A Fragment of Life'. In The Essential Kierkegaard, ed. Howard V. Hong and Edna H. Hong. Princeton: Princeton University Press.

Motion, Andrew. 2012. 'Foreword'. First Person Sorrowful. Northumberland, GB: Bloodaxe Books.

Snyder, Gary. 2006. 'Foreword'. The Three Way Tavern: Selected Poems, trans.

Steiner, George. 2011. The Poetry of Thought: From Hellenism to Celan. New York: New Directions Books.

Tagore, Rabindranath. 1997. Selected Letters of Rabindranath Tagore. Cambridge: Cambridge University Press.

Trojanow, Ilija. 2011. 'Weltemfänger' (World Receiver'), Litprom, (Summer) Frankfurt, Germany.

You, Clare. 2006. 'Introduction'. Three Way Tavern: Selected Poems, tr. Clare You and Richard Silberg. Berkeley: University of California Press.

제1부

시의 발견

1
유년기의 기억

라민 자한베글루 (이후 '라민'으로 약칭함) | 선생님은 1933년 8월 1일 남한의 군산에서 태어나셨습니다. 군산은 전라북도의 한 지역으로 당시 일본이 점령하고 있었습니다. 그 어려웠던 그 세월에 대한 기억을 말씀해 주십시오.

고은 | 오늘날 우리는 일직선의 시간관념에 의해 기원전과 기원후가 직선으로 이어지는 서구의 시간 체제로 살고 있습니다. 그러나 동아시아는 포유류 파충류 등 동물 12종으로 1년 단위를 만들고, 그것이 순환하는 시간관(觀)이 아직껏 남아있어요. 12년마다 호랑이 해 또는 토끼 해, 뱀 해가 다시 돌아오지요. 상상의 동물인 용(龍)의 해도 여기에 포함됩니다. 이런 순환의 세월을 살다가 서구의 낯선 직선의 시간을 만난 것이 20세기라는 것이었습니다.

'20세기'라던가 '근대'라던가 하는 시대 개념이 전혀 없던 20세기 초, 한반도는 속성(速性)으로 서구화된 일본에게 너무나 신속하게 식민지로 전락했습니다. 한국은 19세기이건 15세기이건 별다른 문명의 차이가 없는, 시간이 정체된 농경 사회였습니다. 이렇게 지속되던 5백 년의 이씨 왕조가 단번에 화재로 소실된 잿더미처럼 멸망하고 말았습니다. 나는 이런 식민지 시대 한 두메 농가에서 태어났습니다.

내가 태어난 고향은 기름진 평야 지대여서 고을 이름은 '비옥하다'는 뜻을 가지고 있고, 또 작은 고을 이름은 '쌀'을 뜻합니다. 100호 정도로 이루어진 부락(部落)의 이름은 '용(龍)이 머문다'는 뜻을 가지며, 오랜 동아시아 농경 사회를 표상합니다.[1]

그런데 할아버지 대(代)까지 내려왔던 유산인 농토를 아버지 대에 신원보증 사건으로 잃었고, 그 뒤 우리 집은 식민지 시기에 소작농으로 전락해 빈궁한 상태였습니다.

내 고향에서 4km 거리에는 오래된 포구(浦口)가 있었는데, 그곳에 일본 제국주의가 군림하며 일본의 식민 항구로 개항해 그 일대의 평야에서 산출되는 쌀은 모두 일본 본토로 가져갔어요. 일본은 그 당시 중국의 동북지방인 만주를 점령하고 있었고 그곳은 중국 대륙을 침략한 일본군의 병참 기지가 되었습니다. 그래서 질 좋은 쌀을 모두 차지해버린 일본 식민지 체제에서 한국 농민 대다수는 절대 빈곤으로 살지 않을 수 없었습니다.

먹을 것이 없어 굶주리는 밤이면 아버지는 "내일은 쌀이 온다"고 말해서 우리 가족과 어린 나에게 늘 희망을 품게 했던 일이 아직도 기억에 또렷합니다.

---

1 전북 옥구군 미면 미룡米龍리(용둔부락)

아버지

강 건너 내포 일대
대천장 예산장 서산장
아무리 고달픈 길 걸어도
아버지는 사뭇 꿈꾸는 사람이었습니다
비 오면 두 손으로 비 받으며
아이고아이고 반가워하는 사람이었습니다

—『만인보』 1권, 1986

이런 지상의 가난에도 불구하고 내가 바라보는 밤하늘은 늘 풍요로운 우주였습니다.

라민 | 선생님께서는 행복한 유년 시절 소년 시절을 보내셨는지요? 아니면 식민 통치와 전쟁 때문에 큰 고통을 받으셨는지요?

고은 | 지금 생각컨대 나는 근대 이전의 오랜 왕조시대 백성의 후예였어요. 5백 년 전의 노인 모습이나 아이들의 모습이 5백 년 후에도 조금도 달라지지 않았던 그런 마을에서 모두 아주 옛날의 모습과 풍습 그대로 살고 있었습니다.

사내아이들은 머리를 길게 길러 뒤로 땋아 등에 늘어뜨리고 있었어요. 그러다가 식민지 시대에 남자 어른들은 강제로 상투를 자르고 아이들은 긴 머리를 자르기 시작한 것입니다.

그때까지 어린이들의 기초교육은 한자를 터득하고 있는 마을의 노인에게 가서 한자를 배우는 것이 전부였고, 그런 곳을 서당이라고 불렀습니다. 하지만 그것도 소수만의 교육이었고 마을 아이들 대부분은 문맹 상태였지요.

나는 아버지의 교육열 때문에 이런 한자 교육을 받아 어린 나이에 공자의 논어들을 익혔습니다. 하지만 나는 몹시 수줍음이 많은 아이였어요. 삼촌이 우리 집에 와도 도망가서 숨고 얼굴을 손으로 가렸어요.

어린 은태[2]

세상이
사람이
죽을 지경으로 부끄럽기만 한 아이
처서 지나
큰 바람 비바람 몰아쳐 오면
그때야말로 살아난다
소나무 가지 짝 찢어지고
개가죽나무 뿌리채 뽑혀버리면
그때야말로 살아난다
온갖 부끄러움 다 버리고
식은 몸뚱이 힘차게 불타오르며 살아난다

---

2 은태는 고은의 어릴 적 이름이다.

바람 속에서 몸이 활처럼 휘어질 때
산마루 돌멩이 날릴 때
그때야말로 살아난다
눈 빛나며 콧등에 땀 나며 살아난다
처음으로 설 미친 듯이
미친 듯이 달려간다
큰바람과 함께 달려간다
삶의 끝으로 처음으로

—『만인보』, 2권, 1986

물론 어려웠던 식민지 시대이기는 하나 어렸을 때 나는 오랜 자연 부락의 환경인 밤하늘의 어둠과 별 그리고 달빛의 축복 속에서 자랐습니다. 저녁 낙조가 평야의 드넓은 공간을 가득 채울 때의 그 자연에 대한 감동도 일찍이 경험했습니다.

다만 마을에는 책이 없었어요. 하지만 외갓집 외삼촌의 서가에는 책이 아주 많아 거기서 괴테의 책도 읽었고 이탈리아의 가브리엘레 단눈치오(Gabriele D'Annunzio)도 알게 되었지요. 고흐도 거기서 알게 되었습니다. 고흐를 알게 된 이후 나는 장차 고흐 같은 화가가 되겠다는 꿈을 꾸었는데, 실지로 나에게는 그림 솜씨가 꽤 있어서 어렸을 때 그림을 그려서 누구에게 주기도 했고 더러 이웃이 사주기도 했습니다. 내가 그린 그림은 주로 호랑이나 새였어요.

1945년 8월 일본은 원자폭탄에 놀라 미국에 항복했습니다. 그날이 우리에게는 해방의 날이었습니다. 그때 나는 초등학교 3학년이었습니다. 초등학교를 졸업하고 나는 항구에 있는 일본인 학교였던 중학교에 입학했습니다. 해방 직후라 한국 농촌에서도 많은 아이들이 중학교에 들어갈 수 있었습니다. 나는 8학급 500명의 신입생 중 1등으로 합격했습니다. 1등을 한 것은 그때가 처음이자 마지막이었어요. 학교에 들어가자 나는 미술반에 들어갔고, 학교에서 주관한 교내미술전에서 1등 상을 타자 그림 그리기가 즐거웠고 장차 화가로 살고자 하는 열망을 품게 되었지요.

그러다가 1950년 여름 내 나이 만으로 17세가 되던 때 한국전쟁이 일어났습니다. 내 고향은 3개월간 북한의 공산당체제로 살다가 다시 남한체제로 복구되었습니다. 한국전쟁 3년 동안 전선이나 후방에서 몇백만의 인명이 희생되었습니다. 내 고향에서도 좌가 우를, 우가 좌를, 또 좌가 우를, 우가 좌를 서로 학살하는 참극이 반복되었습니다. 이런 상황에서 나는 거의 미친 상태로 살아남았습니다. 농촌의 소년으로서 나는 일찍이 인간의 극악행위를 직접 체험했고 인간이 얼마나 비인간적인가를 알게 되었습니다. 나는 인간의 가치나 의미를 부정하게 되었지요. 자주 심각한 정신이상 징후를 보였고 집을 뛰쳐나가기 시작했어요.

나는 어린 나이에 일찍이 '허무'를 깨달았습니다. 자연도 도시도 다 파괴되어 폐허가 된 상태에서 생겨난 허무 의식이었으므로 나의 허무주의는 고대 동양의 '무(無)' 사상이나 19세기 서구의 니힐리즘과는 다른, 나 자신의 심신이 직접 체험한 허무였습니다.

그것은 고대 동양문화에 있던 '무위(無爲)'의 상태와 비슷한 것이기도 했습니다. 이런 '허무감'은 그 후 상당한 기간 유전자가 되어 내 삶과 문학의 본질로 작용했습니다.

나중에 시인으로 등단한 후 문단에서는 나를 '허무주의의 유포자(流布者)'라고 지칭하기도 했습니다.

2
다정한 부모님

라민 | 선생님의 부모님은 어떤 분들이셨는지요? 문화에 관심이 있는 분들이 었습니까?

고은 | 나의 부모님은 몇백 년 전이나 다름없는 한국의 오랜 농경사회의 농부였습니다.

어머니는 금강이라는 커다란 강 건너에 있는 다른 도(道)의 한 한적한 항구에서 태어났는데 그 강을 건너 두메로 시집왔어요. 신부인 어머니는 배를 타고 건너와서 내린 다음 다시 5킬로를 들것을 타고 시댁으로 왔습니다.

나의 부모님은 논과 밭의 노역으로 하루하루를 보내는 동안 나를 낳았습니다. 아버지는 독학으로 당시에는 흔치 않은 식자(識者)였고, 어머니도 아버지가 글자를 가르쳐서 국문 문해자(文解者)였습니다. 본래 한국의 평민사회에서는 여자는 글자를 배우는 일을 금지당했는데 이유는 시집가서 고작 친정에 편지나 쓰는 여자가 되어서는 안 된다는 엄격한 가부장적 규범 때문이었습니다.

나의 아버지는 늘 꿈을 꾸는 사람이었습니다. 달밤이면 고단한 하루의 일을 마치고도 흥이 나 맨발로 마당으로 뛰어나가 달빛 속에서 춤을 추었습니다. 어머니는 거의 표정 없는 일상의 노동으로 살았습니다.

어머니

하루 내내 뼈도 없고 뉘도 없는 만경강 갯벌에 가서
그 아득한 따라지 갯벌 나문재 찾아 발목 빠지다가 오니
북두칠성 푹 가라앉은 신새벽이구나 단내 나는구나
곤한 몸 누일 데 없이 보리쌀 아시 방아 찧어야지
도굿대 솟아 캄캄한 허공 치고 내리찧어 땅 뚫는구나
비 오는 땀방울 보리쌀에 뚝뚝 떨어져 간 맞추니
에라 만수 그 밥맛에 어린 것 쑥 자라나겠구나
여기 말고 어드메 북받치는 목숨 따로 부지하겠는가
이 땅의 한 아낙의 목숨이 어찌 만 목숨 살리지 않겠는가
충청도 장항에서 흐린 물 느린 물 건너
삐거덕 돛배에 가마 태워 시집온 이래 그 고생길 이래
된장 간장 한 단지 갖추지 못한 시집살이에 몸담아
첫아들 낳은 뒤 이틀 만에 그놈의 보리방아 찧어
두벌 김매는 논에 광주리 밥 해서 이고 나가니
산후 피 펑펑 쏟아 말 못할 속곳 다섯 벌 빨아야 했다
그러나 바지랑대 걸음걸이 한번 씨원씨원해서

보라 동부새바람 따위 일으켜 벌써 저만큼 가고 있구나
갖가지 일에 노래 하나 부르지 못하고 보릿고개 봄 다 가고
여름밭 그대로 두면 범의 새끼 열 마리 기르는 폭 아닌가
우거진 풀 가운데서 가난 가운데서 그놈의 일 가운데서
나의 어머니 나의 어머니 어찌 나의 어머니인가

—『만인보』 1권, 1986

아버지와 어머니는 하루 몇 마디밖에 나누지 않았지만 서로에 대한 신뢰가 깊었고 금실이 아주 좋았습니다. 내가 자라자 아버지는 나를 서당에 보내 공부를 시켰고 책도 사주었습니다. 아버지가 마을 사람들에게 밤 이슥토록 책을 신명 나서 큰소리로 읽어 주었던 기억이 납니다. 물론 그런 밤에는 어머니와 나는 아버지의 책 낭송에 몰두하는 청중 가운데 있었지요.

라민 | 선생님께서는 농민들 가운데서 태어나셨기 때문에 자연에 더 가까우셨는지요?

고은 | 사실, 자연의 파괴는 농업에서 본격화된 것이에요. '문화'라는 말이 '경작하다'라는 뜻에서 시작된 것에서도 '문화'와 '문명'이 자연을 객체로 삼아 소재화한 것을 말해줍니다. 그러나 농업은 3차산업 보다는 상대적으로 자연환경에 둘러싸인 현장에서 가능했고, 또 주위에는 자연 밖에 없었으므로 나는 어린 시절 의식하지는 않았지만 자연의 막강한 영향력 속에서 자라면서 환경과 친하지 않을 수 없었습니다.

먹을 것이 넉넉지 않은 가난에도 불구하고 별과 바람, 풀과 냇물 그리고 벌레 소리의 풍요 속에서 살았고, 그것은 물질의 가난을 어느 정도 보상해 주었습니다.

그러다가 식민지 시대에 나무가 일본인에 의해 벌채되면서 모든 산이 민둥산이 되었습니다. 그 목재를 일본이 공장이나 군대용으로 징발해 갔어요. 그래서 봄이 와도 뒷산에는 피어날 진달래가 없었습니다. 꽃조차 없는 봄이 일제 말기의 한국의 자연의 살풍경이었지요.

진달래

할미산에 진달래 활활 타올랐으나
그건 내가 다섯 살 때였습니다
그 뒤로 몇 해 지나는 동안
진달래 뿌리까지 다 캐어다가
겨울 방고래 데워야 하는 신세였으니
딱한 세월이여
봄이 와도 피어날 진달래 없었습니다
사람 가난이
어찌 할미산 뒷동산 가난이 아니겠습니까
어쩌다가 한두 뿌리 남아서
그것이라도 진달래라고 피어나서
우리 마을 긴 붉은 댕기 드린 양금이
그 진달래한테 가서

그 둘레 돌멩이 주워다 울타리 치고 나서
한동안 집도 일도 다 잊고 거기 앉아 있다가
오마나! 여태 내가 여기 있었네 어쩌나 어쩌나

—『만인보』 1권, 1986

그렇더라도 어린 시절 고향에서 나는 자연에 둘러싸여 살았고, 그 후 승려로 살았던 산중에서나 또 그 후 제주도에서 살 때나 나의 삶은 대부분 산천초목과 바다에 둘러싸여 있었어요. 그러니까 30대 중반까지 나의 삶은 거의 자연 가운데서 이루어졌습니다.

3

식민지 교육

라민 | 선생님께서는 일제 강점기에 학교 교육을 받으셨지요?

고은 | 초등학교 시절 3년은 그랬습니다. 서당에 다니던 나는 만 9세가 되어서야 초등학교에 1학년으로 입학했어요. 바로 그때가 일본의 전시체제가 시작되던 시점이었습니다. 일본의 만주 침략, 중국 침략이 있던 전시이다가 일본이 곧장 미국 영국과 제2차 세계 대전으로 돌입한 것이 내 초등학교 시절이었어요.

우리는 아침마다 동쪽 일본의 왕이 사는 도쿄 쪽을 행해 절을 하고 정오에는 전몰군인에 대한 애도 묵념을 거행해야 했습니다. 그리고 내가 막 1학년이 되었을 때, 그때까지만 해도 느슨했던 식민지 교육으로 '조선어' 시간이 1주일에 몇 번은 있었는데, 그것이 아예 없어지면서 모든 수업이 강제적으로 일본어로만 이루어졌습니다.

아베 교장

아베 쓰도무 교장
뚱그런 안경에 고초당초같이 매서운 사람입니다.
구두 껍데기 오래낸
슬리퍼 딱딱 소리내어 복도를 걸어오면
각 교실마다 쥐죽어버리는 사람입니다.
2학년 때 수신시간에
장차 너희들 뭐가 될래 물었습니다.
아이들은
대일본제국 육군 대장이 되겠습니다
해군 대장이 되겠습니다
야마모또 이소꾸로 각하가 되겠습니다
간호부가 되겠습니다
비행기 공장 직공이 되어
비행기 만들어
미영 귀축鬼畜을 이기겠습니다 할 때
아베 교장 나더러 대답해 보라 했습니다.
나는 벌떡 일어나서
천황폐하가 되겠습니다
그 말이 떨어지자마자
청천벽력이 떨어졌습니다.
너는 만세 일계 천황폐하를
황공하옵게도 모독했다 네 놈은 당장 퇴학이다

이 말에 나는 주저앉아 버렸습니다.
그러나 담임선생님이 빌고
아버지가 새 옷 갈아입고 가서 빌고 빌어서
간신히 퇴학은 면한 대신
몇 달 동안 학교 실습지 썩은 보릿단 헤쳐
쓸 만한 보리 가려내는 벌을 받았습니다.
날마다 나는 썩은 냄새 속에 갇혀 있었습니다.
땡볕 아래서나 빗속에서나 나는 거기서
이 세상에서 내가 혼자임을 깨달았습니다.
그 석 달 벌 마친 뒤 수신시간에
아베 교장은 이긴다 이긴다 이긴다고 말했습니다.
대일본제국이 이겨
장차 너희들 반도인은 만주와 중국 가서
높고 높은 벼슬한다고 말했습니다.
B−29가 나타났습니다. 그 은빛 4발 비행기가 왔습니다.
교장은 큰 소리로 말했습니다.
저것이 귀축이다 저것이 적이라고 겁도 없이 말했습니다.
그러나 아베 교장의 어깨에는 힘이 없었습니다.
큰 소리가 작아지며 끝내는 혼자의 넋두리였습니다.
그 뒤 8·15가 왔습니다. 그는 울며 떠났습니다.

—『만인보』 3권, 1986

장차 조선 문자 조선어로 문학을 할 어린이가 역설적으로 조선 문자와 조선어가 금지된 교육으로 자라야 했던 것입니다. 그러나 집에 돌아오면 밤에는 할아버지의 조선어를 들으며 우리나라의 역사에 대해 하나둘 알게 되었고 어머니가 이따금 부르는 조선어 노래도 들었습니다.

할아버지

아무리 인사불성으로 취해서도
입안의 혓바닥하고
배등거리 등때기에 곶은 곰방대는
용케 떨어뜨리지 않는 사람
어쩌다가 막걸리 한 말이면 큰 권세이므로
논두렁에 뻗어 곯아떨어지거든
아들 셋이 쪼르르 효자로 달려가
영차영차 떠메어 와야 하는 사람
집에 와 또 마셔야지 삭은 울자 쓰러뜨리며
동네방네 대고 헛군데 대고
엊그제 벼락 떨어진 건넛마을
시뻘건 황토밭에 대고
이년아 이년아 이년아 외치다 잠드는 사람
그러나 술 깨이면 숫제 맹물하고 형제 아닌 적 없이
처마 끝 석은 낙숫물 떨어지는데
오래 야단받이로 팔짱끼고 서 있는 사람 고한길

그러다가 크게 깨달았는지
악아 일본은 우리나라가 아니란다
옛날 충무공이 일본놈들 혼내줬단다 기죽지 말아라

집안 식구 서너 끼니 어질어질 굶주리면
부엌짝 군불 때어 굴뚝에 연기 낸다
남이 보기에 죽사발이라도 끓여먹는구나 속여야 하므로
맹물 끓이자면 솔가지 때니 연기 한번 죽어라고 자욱하다

삼 년 원수도 술 주면 좋고 그런 술로 하늘과 논 삼아
8월 땡볕에 가운찬 들 바라본다
거기에는 남의 논으로 가득하다
작년 도깨비불도 떠오른다

이 세상에 와서 생긴 이름 있으나마나
죽어서도 이름 석 자 새길 돌 하나 없이
오로지 제사 때 지방에는 학생 부군[3]이면 된다
실컷 배웠으므로

—『만인보』 1권, 1986

3 유교에서는 서민 남자들은 생전에 '학생'으로 산다고 가르쳤다. 공직에 나갈 수 없기에 남성 서민들은 '학생'인 것이다.

철저한 식민지 교육을 통해 일본은 대부분의 조선 학생을 일본화했습니다. 그러나 밤이면 나는 마을의 한 머슴에게로 가서 그에게 한글을 배워 읽고 쓸 줄 알게 되었지요. 1945년 해방이 되어 일본이 물러간 뒤 학급에서 한글을 아는 아이는 나밖에 없었습니다. 그 때문에 나는 1학년을 뛰어 올라 3학년에서 4학년으로 월반했지요.

머슴 대길이

새터 관전이네 머슴 대길이는
상머슴으로
누룩도야지 한 마리 번쩍 들어
도야지 우리에 넘겼지요
그야말로 도야지 멱 따는 소리까지도 후딱 넘겼지요
밥때 늦어도 투덜댈 줄 통 모르고
이른 아침 동네길 이슬도 털고 잘도 치워 훤히 가리마 났지요
그러나 낮보다 어둠에 더 빛나는 먹 눈이었지요
머슴방 등잔불 아래
나는 대길이 아저씨한테 가갸거겨 배웠지요.
그리하여 장화홍련전을 주룩주룩 비 오듯 읽었지요
어린아이 세상에 눈떴지요
일제 36년 지나간 뒤 가갸거겨 아는 놈은 나밖에 없었지요.

대길이 아저씨더러는

주인도 동네 어른도 함부로 대하지 않았지요
살구꽃 핀 마을 뒷산에 올라가서
훌적삼 큰아기 따위에는 눈요기도 안하고
지게작대기 뉘어놓고 먼 데 바다를 바라보았지요
나도 따라 바라보았지요
우르르르 달려가는 바다 울음소리 들었지요

찬 겨울 눈더미 가운데서도
덜렁 겨드랑이에 바람 잘도 드나들었지요
그가 말했지요
사람이 너무 호강하면 저밖에 모른단다
남하고 사는 세상인데

대길이 아저씨
그는 나에게 불빛이었지요
자다 깨어도 그대로 켜져서 밤새우는 불빛이었지요

—『만인보』 1권, 1986

라민 | 학교 친구들에 대한 정다운 기억이 있으신지요?

고은 | 학교에서 나는 나이 많은 학생들로부터 위협을 받거나 혹은 애호를 받거나 하면서 살았어요. 해방 직후에는 새로 부임한 교장이 친일파로 알려져 그 교장을 반대하는 동맹휴학 운동이 있었는데

나이가 많은 학생들이 그 일을 나에게 맡겨 강단에 올라가 선동하게 한 일도 있습니다. 이 일이 상부에까지 알려져 나는 나중에 군산사범학교 입학시험에서 필기시험이 합격했음에도 불구하고 품행 문제로 불합격 처분을 받았지요.

나는 어려서부터 부끄러움이 많고 몸이 허약한 편이어서 아이들과 잘 어울려 놀지 못했기에 학교 친구들에 대한 기억이 별로 없습니다. 건강이 약해서인지 또는 공부를 좀 하는 편이었기 때문인지 내가 소외의 대상이 되었던 경험을 기억하고 있습니다.

그런데 마을의 부유한 집 아이였던 김봉태와는 서로 1, 2등을 다투는 처지였음에도 아주 친하게 지냈습니다. 그의 아버지는 일제 말기 사회주의 식자(識者)였는데 그 친구의 집에는 룻소의『에밀』도 있었어요. 봉태는 한국전쟁 때 마을에서 좌익 학살이 벌어졌을 당시 일제 강점기 때 만든 일본군 방공호에 끌려가 생매장당해 죽었습니다. 나는 그 친구의 죽음 이후 지금도 가끔 그 친구를 꿈속에서 만납니다.

봉태

나하고 국민학교 일 이등 다투었지
부잣집 아들이라
옷이 좋았지
항상 단추 다섯 빛났지
도시락에 삶은 달걀 환하게 들어 있었지
흰 쌀밥에 보리 뿌려졌지

그러나 누구한테 손톱 발톱만치도 뽐낸 적 없지
너희 논 옆에 우리 논 하나 있다
너하고 나도
의좋게 지내자고 굳은 떡 주며 말했지
그런 봉태
수복 직후 아버지 죽은 뒤
동네 사람에게 끌려가서
할미산 굴속에서 죽었지
유엔군 흑인 총 맞아 죽었지
그 달밤에
그 캄캄한 굴속에서 죽었지
봉태야
나는 너 하나 살려낼 수 없었다
네 열일곱 살은 내 열일곱 살이었는데

—『만인보』 2권, 1986

4
시 사랑

라민 | 선생님께서는 일찍이 시를 읽고 쓰기 시작하셨는지요?

고은 | 아닙니다. 나는 시가 무엇인지도 몰랐습니다. 해방 직후 중학교에 들어가 국어 교과서에 실린 시를 읽은 것이 시와의 첫 만남이었어요. 그 시는 식민지 시대 중국에서 지하(地下) 한국 독립운동을 하다가 16번째 잡혀 들어간 중국의 일본 헌병대 감옥에서 죽은 시인 이육사의 시 '광야'였습니다.

그 시에는 '광야'라는 대공간(大空間), 세계가 시작되는 태고의 대시간(大時間), 그리고 니체의 '초인' 일지도 모르는 '백마 탄 초인'이라는 대인간(大人間)으로 이루어진 커다란 세계가 들어 있어 한 소년이었던 나의 운명을 압도했습니다. 나는 시가 무서웠습니다. 시가 무엇인지도 모르는 상태로 나는 시를 만난 것이에요. 마치 어머니와 아버지가 누구인지도 모르고 내가 이 세상에 태어난 것처럼 말입니다.

한국전쟁 뒤 나는 시를 쓰기 시작했습니다. 고향에서 나이가 나보다 여섯 살이 많은 김기호와 어울리며 함께 시를 썼어요. 고향 근처의 고군산군도라는 섬으로 피난 가서 살 때에도 하루 종일 시를 끄적거린 적이 있습니다. 그러나 그 후 나는 승려가 되었고, 시는 나의 삶에서 한동안 멀어졌습니다.

라민 | 선생님께서는 언제 시인이 되겠다고 마음 먹으셨습니까?

고은 | 우연히 반 고흐를 알게 된 이후 나는 일찍부터 화가가 되기를 꿈꾸었습니다. 그래서 중학교 입학 후 미술부에 들어갔고 수업이 끝나면 오후 3시부터 5시나 6시까지 화실에서 그림 그리기에 열중했지요. 미술 교사도 나를 화가로 만들고자 하는 뜻을 가지고 있었어요. 1949년 봄의 어느 날 미술부에서 방과 후 작업이 끝나고 저녁에 4km의 저문 도로를 따라 집으로 가다가 길가에 놓여 있는 시집 한 권을 주웠습니다. 누군가가 사가지고 가다가 막 길에서 잃어버린 듯 새 시집이었습니다. 마치 나를 기다리고 있었던 듯했어요.

집에 와서 보니 문둥병자가 떠돌면서 쓴 시집이었습니다. 하룻밤 지나면 썩은 발가락이 떨어져 나가고 또 하룻밤 자고 나면 눈썹이 다 빠지는 것을 묘사한 처절한 시들이었습니다. 머나먼 나병자 촌(村)으로 가는 길의 슬픈 방랑을 노래하고 있었습니다. 나는 이 시집을 읽으면서 밤새 울었습니다. 너무나 감동한 나머지 나도 이런 문둥병 환자가 되고 싶었고 이 시인처럼 떠돌면서 처절한 시를 쓰겠다고 마음 먹었습니다.

한하운!

1940년대 다 저물어
중학교 2학년 때
저문 길 어둑어둑한 길
십릿길 학교에서 돌아오는데
터벅터벅
미제 네거리 다 들어올 무렵
어둔 길 한복판
눈에 번쩍 뭣이 있었다
가슴 철렁
가슴 설레어 주워 들었다
책이었다
시집이었다
한하운 시집이었다

가도 가도 황톳길….

집에 가서 밤새도록 읽고 또 읽었다
조영암이라는 사람의
뒷글도 서너 번이나 읽었다
최영해라는 사람의 것도 읽었다

그날 이후 나는 한하운이었다

그날 이후 나는 문둥이로 떠돌았다

그날 이후 나에게는 온 세상이 황톳길이었다

그날 이후 나는 시인이었다 서러운 눈썹 없는 서러운 시인이었다

—『만인보』 7권, 1989

그러나 이런 내 결심은 오랫동안 누구에게도 알리지 않은 나만의 비밀이었습니다.

5
한국전쟁

라민 | 10대 시절이니 선생님께서는 주변에서 벌어지고 일에 정서적으로 민감하셨을 겁니다. 한국전쟁의 잔혹함과 그 후 일어났던 민족주의자들과 공산주의자들 간의 지독한 갈등이 시인으로서의 선생님께 영향을 주었겠지요?

고은 | 나의 세대는 지독하게도 벅찬 격동의 시대를 살아야만 했습니다. 그건 우연이기도 했고 또는 운명이었을지도 모릅니다. 내 소년 시절은 식민지 시대라는 암흑기로 시작했고, 그 후 침략과 전쟁이 있었습니다. 일본 군국주의가 아시아 각 지역으로 확장되면서 5년에 걸친 제2차 세계 대전으로 이어졌지요. 그러다가 이번에는 한반도의 분단시대를, 한국전쟁의 극한상황을 청소년 시대에 통과해야 했습니다. 한국전쟁으로 3백만 명 이상이 죽었어요. 한반도 남과 북에서 내 세대의 거의 절반이 죽었는데 나는 그 죽음 속에서 살아남았습니다.

타인의 눈

그 전쟁은
모르는 사람과도 주고받던 인사말을 앗아갔다
느린 말씨도
순하디 순한 말씨도 앗아갔다
말들이 빨라졌다
가을 썬득썬득한 바람 속
사람들의 해맑은 눈빛들도 앗아갔다
차츰 사람뿐 아니라
소와 말의 눈도 자갈밭 밭머리에서 충혈되어 사나웠다

대전 역전
껌팔이 아이 하나가
다른 아이 하나를 죽도록 패대고 있었다
삥 둘러서서
아무도 말리지 않았다 바람이 먼지를 일으켜 세웠다

누구에게도 고향 산천의 정든 얼굴 없었다

—『만인보』 16권, 2004

전쟁 기간에는 후방에서도 전선(戰線)과 다를 바 없이 민족이 좌와 우로 갈라져서 서로 죽이는 일이 계속 반복되었습니다. 그야말로 피와 무덤의 시대를 나는 살아남은 것입니다.

빨갱이 2

나는 빨갱이가 아니었다
어느 날
내 아이 담임선생 만나
삼거리 주막에서
술 한잔 대접했다
막걸리 한 되 하고 반 되를 더 마시는 동안
담임선생님
내 아이를 칭찬했다
공부는 어중간이지만
아이들 싸움도 잘 말린다 했다

그러다가 눈썹 사이 주름 잡히며
김 선생은 말하였다.

앞으로는
모든 사람이 다 잘 사는 평등사회가 옵니다
땅은 지주의 것이 아니라
모든 농부의 것이 됩니다

나는 술맛을 잃고 눈을 번쩍 떴다
주막 안에는
할멈과
술꾼 두 사람이 있었다

며칠 뒤
사복형사가 나를 잡으러 온다는 말을 들었다
동네 이장이 고개를 저었다
이상하다
이상하다
성님은 빨갱이가 아닌데…

겁이 났다
이십 리 길 처갓집
그러다가 다른 집으로 피했다
여기저기 옮겨 다니다가
너무 신세 지는 것이 싫었다

그때 누군가가 산으로 가는 길이라 해서
그 사람 따라갔다
나는 빨갱이가 아니었다
그러다가
나는 빨갱이가 되고 말았다

지리산에서 내 집 쪽을 바라보았다

내려가고 싶었다

내려가고 싶었다

—『만인보』 16권, 2004

살아남았다는 것은 많은 부상을 입은 심신으로 남겨진 일종의 정신적 외상(外傷)을 뜻합니다. 그 후 내 어깨 위에는 늘 나보다 먼저 죽은 자들의 무게가 얹혀 있었고, 나는 삶에 조금도 미련이 없는 염세(厭世)에 잠겨 살았습니다. 오랫동안 나의 의식은 죽음, 허무, 절망 등의 용어로 채워져 있었고, 나의 무의식 역시 의식과의 구별이 어려울 정도였습니다. 이런 내적인 요인이 필경 내 시의 생태에 깔려 있을 것입니다.

라민 | 1950~1953년에 벌어진 한국전쟁의 소용돌이에서 선생님께서는 친척과 친구들을 많이 잃으셨지요?

고은 | 앞서 말했던 대로 고향에서 가깝게 지냈던 한 순결한 친구의 학살을 내가 막을 수 없었다는 자책에서 나는 지금까지도 벗어나지 못하고 있습니다. 내 친척들도 많이 잃었습니다. 당연히 1950년대 폐허에서 살아남은 나의 자아의 상실감은 깊을 수밖에 없었습니다. 그때 겨우 스무 살이었는데, 나는 우주 무한 속에서 미아(迷兒)인 것처럼 시대의 고아로써 초토(焦土)와 폐허의 현실을 살아야 했지요.

지금도 나는 새로 생겨난 대도시에 가면 고층 건물들이 잿더미로 가라앉는 환각에 자주 사로 잡힙니다. 내 마음 속에는 유(有)보다 무(無)가 훨씬 많이 차 있습니다. 그래서 전후(戰後) 시대를 나는 무에서 다시 시작하는 빈궁의 유의 시간이라고 생각하지요.

폐허

갓 스물에
가는 데마다 폐허였어

통행금지의 밤
자주 뜬눈으로 삶보다 죽음에 기울어졌어

폐허는 쉽사리
무엇으로 바뀌지 않았어
무엇으로 바뀌어
다른 아이로 태어나 울지 않았어

전쟁은 가슴 속에서 끝나지 않았어

오십 년 뒤
이 도시에서 폐허를 보았어
이 과장된 도시에서
나는 아직도 폐허의 벽돌 조각 그대로였어

그 시절 램프 불빛은 꺼졌으나

아직도 나에게는 폐허 이후가 오지 않았어

—『늦은 노래』, 2002

라민 | 선생님께서 자살하겠다고 마음먹은 것은 그런 상실들 때문이었을까요?

고은 | 너무나 많은 죽음을 목격한 나머지 그 죽음들이 나도 모르는 사이 내 삶에 이입되어 있었습니다. 내 삶의 무의미성에 사로잡힐 때마다 나는 면밀한 계획을 세워 자살을 시도했습니다. 20대 초에 시작된 나의 자살 시도는 거의 30대 후반까지 4번이나 이어졌습니다. 그때마다 뜻밖에 내 목숨을 구해주는 계기가 있었어요. 나는 지금도 그런 계기들을 이상한 우연으로 여기고 있습니다.

라민 | 지금 선생님께서 과거를 되돌아보실 때 이런 자살 시도를 어떻게 평가하시는지요? 그 때문에 청력 하나를 잃으셨지요?

고은 | 나는 20대 후반 세상의 소리나 언어에 실망한 나머지 어떤 소리도 더 이상 듣고 싶지 않아 두 귀에 청산가리를 부어 넣었습니다. 귀 하나는 고막과 청신경이 녹아버려 영구 불청(不聽)이 되었습니다. 다른 하나는 본능적으로 귀를 다른 쪽으로 기울이는 바람에 고막은 구제되었지만 대신 한 쪽 뺨을 태우게 되었습니다. 이 사건은 자살 시

도와는 또 다른 자학적인 행동이었어요. 지금 세계적인 자살률의 증가나 자살 사건들은 한국에서도 중요한 사회문제로 다루어지고 있지만, 그 당시 그런 일은 매우 문학적이거나 철학적인 행동으로 받아들여지기까지 했습니다.

6
정신을 찾아서

라민 | 선생님께서 불교에 귀의(歸依)하기로 하신 것은 다시 살아남으신 이후의 일이지요?

고은 | 내가 1950년대 초반 전쟁 직후 불교에 귀의했던 것은 어떤 특별한 종교적 지향(指向)이 있어 진리를 추구해 오묘한 경지에 도달하기 위해서가 아니었습니다.

한국전쟁 후 나는 군산항구의 미군사령부 운송과의 검수관(檢數官)으로 근무하기도 했고 먼 친척 소유의 사립 중학교에 국어교사로 특채되어 교사로 일하기도 했어요. 하지만 정신의 혼란과 방황은 수습되지 않고 있었습니다. 10대 후반 내가 길을 지나가면 사람들이 손가락질하며 '정신이상자'라고 말했을 정도이니 내 행동거지가 이상했음에 틀림없었습니다. 자주 집을 나가 떠돌다가 아버지에게 붙잡혀 돌아오곤 했지요.

그러던 어느 날 길에서 우연히 어떤 박학하고 매혹적인 길거리 불교 승려를 만나게 되었습니다. 나는 자석에 쇠붙이가 따라가 붙듯이 무조건 그 승려를 따라갔어요. 그 승려는 몇 번인가 나를 떼어 놓으려고 했지만 결국 나를 받아들여 동행자로 데리고 다녔습니다. 나는 그에게서 선(禪)의 비논리적 비약을 배워 익혔고 동서고금을 넘나드는 그의 해박한 사상을 마른 땅에 물이 스미듯 받아들였습니다. 우리는 함께 돌아다니면서 때로는 길바닥에 앉아 선(禪) 수행을 하기도 했어요. 그러던 어느 날 그 승려가 세속으로 돌아가기로 하면서 나를 멀리 남해안 바닷가에 있는 한 절로 보냈습니다.

거기서 당대의 저명한 선승(禪僧) 효봉(曉峰)을 만나 그의 제자가 되었습니다. 거칠고 사나운 파도가 마침내 깊이 가라앉은 파도를 만난 것입니다.

라민 | 그런 정신성은 선생님의 삶과 시에 새로운 지평을 열어주었습니까?

고은 | 우리가 말하는 기독교적인 영성(靈性)이라는 개념이 동양의 정신주의에 곧장 부합되는 것은 아니지만 수행(修行)을 통해서 고양된 정신과 심상(心象)의 경지를 터득한다는 점에서는 어느 정도 맞닿을 수 있겠습니다. 타율과 자율의 차이를 무시하면 그렇지요.

나는 나에게 부여된 선천적인 감수성의 예각(銳角)과 선(禪)의 체험이 내 시에 반영되는 것을, 늘 의식하는 것은 아니더라도, 알고 있으며, 그것이 내 예술적 충동의 기저에 있는 것도 알고 있습니다. 나는 출가해 승려 생활을 하면서 처음에는 경전 배우기에 몰두했습니다. 그 후 그것을 그만두고 선(禪)에 몰입하면서 한 시기를 치열하게 보내기도 했습니다. 3주간의 단식 수행도 했고 잠 안 자는 '용맹정진(勇猛精進)'이라는 수행도 했어요. 그러나 이런 수행들이 당장 나의 어떤 정신상태에 극적인 변화를 주었는지는 모르겠습니다. 몇 번인가 넘치는 자기충족을 누리는 시간은 있었습니다.

아지랑이

아지랑이
아지랑이
통영 미륵도
미륵도 중턱 미래사 토굴 선방

아지랑이
아지랑이

다도해 섬들
아지랑이
징징 운다

한 덩어리 한 떼거리 하루살이들
젖물 같은 하늘 가득히 취하고 있다

울긋불긋 꽃들 취하고 있다

선방 안
스승 효봉과 상좌 일초
결가부좌 오전 정진
솔잎가루
찬물에 타 먹고
오후 정진

아지랑이
아지랑이

갑자기
스물세 살 일초가 일어나
방고래 돌 하나 뜯어내어
방바닥에 내던졌다
스님 부처 되어서 뭘 합니까
이놈의 혼침(昏沈) 삼매 때려치우겠습니다

스승 효봉
살며시 눈뜨더니
천둥쳐 꾸짖기는커녕
주장자(柱杖子) 집어 들어
마구 두들겨 패기는커녕
임제(臨濟) 방(榜)은커녕
덕산(德山) 할(喝)은커녕

빙그레 웃으며
그렇구나 그놈의 부처 되어 뭘 하느냐
놀자
놀자
하고 결가부좌 풀고
벌렁 방바닥에 누워버렸다

어!

이런 스승 보고 눈물 쏟아내며
상좌 일초[4]가 엎드렸다

스님 용서해주십시오

스승 효봉
그런 상좌 다독였다

그래 그럼 다시
공부나 하자꾸나

아지랑이
아지랑이

4 일초(一超)는 고은이 효봉대선사로부터 받은 법명(法名)이다. 효봉선사는 일제 강점기에 판사였다가 어떤 계기가 있어 승려가 되어 나중에 큰 스님이 되었다.

―『만인보』 28권, 2010

내게 이 시기의 몰입 체험은 이후 내 삶의 뼈와 살갗에 새겨지는 공부가 되었을 것이고, 일부는 피가 되었다가 지금은 다 체화(體化)되었을 것입니다. 그런데 이런 체험에 안주하는 것을 선(禪)에서는 사실 크게 경계합니다.

사제간

노승이 돌 위에 앉아 있습니다
청년 승이 거기에 왔습니다

어떻게 살아야 하겠습니까?
사슴이 옹달샘 바라보듯 살아보게나
참 좋겠습니다 하지만 저는
저는 좀 다르게 살고 싶습니다
어떻게 살고 싶은가
옹달샘이 사슴 바라보듯 살면 어떨까요
참 좋겠구나 나도 그렇게 살고 싶구나

노승이 돌 위에서 벌떡 일어났습니다
오늘부터 네가 내 스승이로다

내가 네 제자로다
청년 승이 설치(雪齒)를 다 보이며 기뻐했다
어허 내 첫 상좌가 생겼구나

그들을 지켜보는 호랑이가
저쪽 언덕에 있다
노리는 것이냐
그냥 바라보는 것이냐

어서 주둥이 열어라
호랑이가 네놈들 바라보듯 살고 싶은가
네놈들이 호랑이 바라보고
깜짝 놀라듯 살고 싶은가

–『만인보』 24권, 2007

나는 종종 그때의 불교적 경험들은 이미 다 먹은 뒤 소화된 상태라고 믿습니다. 만약 그 시절이 소화되지 않은 채로 지금도 내 위장에 남아있다면 나는 소화불량으로 괴로울 것이라고 비유적으로 말하기도 하지요. 나는 지금 철저한 무(無), 실체를 인정하지 않는 공(空)을 내 삶의 본연(本然)으로 삼고 있습니다. 쉽게 말하면 허무야 말로 나의 정신의 근원인 것입니다. 시도 나에게는 무(無)의 리듬에 다름 아닙니다.

7
자살 시도와 그 이후

라민 | 하지만 선생님은 1962년 절을 떠나셨고 1970년에 다시 자살을 시도하십니다. 무슨 문제가 있었습니까? 선생님의 삶이 무의미하다고 여기셨던 걸까요?

고은 | 한국전쟁을 겪은 소년 시절 이래 1970년까지 나에게는 늘 죽음이 달라붙어 있었습니다. 1963년 제주도 앞바다에서 있었던 자살 미수는 내가 산에서 내려온 뒤 현실에 적응하지 못함으로써 생긴 생존의 무의미와 포기로 인한 것이었습니다. 내가 사회와 어울리지 못한다는 절망이 이 세상에 혈혈단신이라고 여긴 나를 짓누른 자포자기였을 것입니다. 1970년에 4번째 마지막 자살 시도가 있었고, 실패했습니다.

라민 | 그런데, 선생님께서는 1960년에 첫 시집 『피안감성』을 출판하셨습니다. 그렇다면 어떤 점에서 선생님의 그 우울과 어려움에도 불구하고 시가 선생님과 함께 있었던 걸까요?

고은 | 내 첫 시집『피안감성』이 나온 것은 내가 아직 승려의 신분일 때였습니다. 그때 나는 시의 길이 나의 길이라는 것을 어렴풋이 깨닫고 있었습니다. 당시 나는 문학과 종교의 조화가 가능하리라고 내다보았습니다. 하지만 이런 안도는 표면에서만 나타났을 뿐이고, 내 심층에서는 여전히 암울한 형이상학이 감추어져 있었다는 것을 나중에야 알았습니다.

나는 내 삶이 의존하고 있는 것이 시의 세계이며, 시(詩) 역시 나로부터 날아가 버리고 말 혜성(彗星)이 아니며, 나와 시 사이에는 어느 한쪽이 행성(行星)이다가 어느 한쪽이 위성(衛星)이다가 하는 인력(引力) 관계가 영구 지속될 것이라는 걸 깨달았습니다. 이런 확신은 지금껏 내 몸의 안쪽에 하나의 원인(原因)으로 자리잡고 있습니다.

시

어느 날은
손님인가 하였습니다

어느 날은
주인인가 하였습니다

이런 세월
굴뚝들
저마다 피워 올릴 연기를 꿈꾸었습니다

오늘도 모르겠습니다

시가 누구인지

—『늦은 노래』, 2002

T.S 엘리엇은 '시인은 30대부터'라는 시인론을 말한 바 있습니다. 나도 25세에 시인으로 등단했던 시절을 한참 지나서야 어느 정도의 시적 성숙이 가능했습니다.

라민 | 선생님께서는 시를 쓰거나 읽는 맛을 잃어버리신 적이 있으신지요?

고은 | 나는 시를 의식(意識)으로 만나기보다 무의식으로 만나는 일이 더 많습니다. 시가 오면 시를 쓰고 시가 오지 않을 때는 시를 쓰지 않아요. 이를테면 내 마음은 내 손의 도구인 것이지요. 내 손이 내 넋입니다. 다만 나는 늘 시적인 상태로 살고 있습니다. 그것은 마치 저녁 무렵 드넓은 물 위에 어리는 윤슬처럼 내 삶에 빛 조각들이 널려 있는 상태와 같습니다.

잠

내가 아무리 잠자도
달밤 휘영청
그대로이리

문득 잠 깨어
돌아누워도
그대로이리

눈 감으면
이미 들어온 달빛은
이미 내 몸이 되어

서산마루
지는 달 기다리며
구름들 다 씻어 놓았느뇨

—『피안감성』, 1960

나는 시 이외의 다른 카르마에는 아주 미숙합니다. 내가 아내로부터 자주 보호받는 것도 그 때문입니다.

8

시인들과의 만남

라민 | 그 시절 선생님께서는 어떤 시인들의 작품을 읽으셨는지요?

고은 | 나는 고대 중국의 이백(李白)이나 중세 이탈리아의 단테 그리고 근대 페르시아 시를 이따금 읽었습니다. 그러나 승려의 삶에 좀 더 집중한 삶이었으므로 남의 시를 읽을 기회는 그리 많지 않았어요.

1960년대 초 승려 생활을 그만두고 속세로 나온 후 나는 제주도로 떠났는데 그때 내가 가지고 간 것은 달랑 말라르메 시집 한 권이었습니다. 제주도로 떠날 당시 나는 말라르메와 발레리을 좋아했어요. 제주도에서 3년을 유숙(留宿)하며 쓴 시로 두 권의 시집을 낸 후 나는 제주도를 떠났습니다.

애마(愛馬) 한스와 함께

오늘 새벽 수수 잎새 같은 옷을 서걱서걱 걸치고
나는 사세 마(四歲 馬) 한스를 타자 마구 달렸다
처음 콩밭 곡식을 거둔 빈 밭에는 채일 것이 없다.

내가 달릴 때 말이 먼저 물 건너 종소리를 들었다
그리고 내 귀는 말의 귀에 대어져 어렴풋이 들었다

아직 주홍(朱紅) 꽃신을 제 품에 안고 내 외동딸은 쌕쌕거리겠지
내가 돌아와서, 네가 처녀가 되어 있으면 첫째 한스가 놀라리라

어느덧 우리는 하얀 띠의 길을 달리는구나
말 고삐를 낚아채지 않아도
한스는 내 마음을 이미 알고 있다

새벽길은 남은 가을 끝이 여기저기 잠들었고
침착하기 짝이 없는 대기(大氣) 뿐, 캐비지 밭을 덮고 밤은 지새었구나

모처럼 외동딸을 두고 어린 시절의 마을 장님 노래와
대만(臺灣) 까지는 이틀이면 갈 바다와 박쥐들과.....
내 한스는 그런 것을 내게 주면서 갈기 세워 달린다

어디로 가느냐 내 두 다리를 말의 옆구리에 맡길 따름

그러면 한스는 새벽꿈이 주인 때문에 끊겼다고 투덜대다가 만다

몇 십년(十年) 동안 농부는 밭에 있건만 새벽 밭이라 빈 밭이다
지난 여름 밤, 깊은 밤 곰별 자리 밑으로 한스는 멈춘다
내가 앞으로 가슴이 밀리다가 내리고 안장은 따뜻한 채 기다리리라

그러나 파리가 뜯어먹은 흉터 장이 한스야 우리는 곧 돌아가자꾸나

이제 신 한 짝이 품에서 내려지고
외동딸이 깨어 절망할 아침이구나
여기서는 잠깐 멈추자
잠깐 멈추는 곳도 중대한 곳이 아니냐

—『해변의 운문집』, 1964

예감

가을이다. 어느 나라의 인구가 줄어든다.
긴 편지를 쓰고 끝에는 〈끝〉이라고 썼다.
어제 솎은 육십(六十)캐비지 한 접시
남은 경사(傾斜)의 술은 다 마셨다.
들쥐들이 종점에서 종점으로 몰려다닌다.

오늘 영원한 백 원짜리를 벌었다.
너무나 많은 끝이 내 발등에 쌓인다.
감사하다. 감사하다.
주황색 손수건으로
하늘을 보고
자꾸 흔들어야 한다.

가을이다. 저 소학교 운동장에서
일생의 호각소리가 뚝 그친다.
모든 무덤들은 말한다.
다시 이 세상에 태어날 수 없다고
머무는 친우(親友)여, 나는 혼자서 뻗은 길을 걸어가야겠구나.

—『신, 언어 최후의 마을』, 1967

라민 | 선생님께서는 외국 문학을 가깝게 느끼셨습니까? 어떤 시인들이 선생님께 깊은 인상을 주었는지요?

고은 | 내가 시인으로 세상에 나왔을 때 나는 세계의 시는 물론 한국의 시에도 거의 무지했습니다. 나는 누구누구의 시를 읽고 나서 시인이 된 것이 아니었어요. 이를테면 소경이나 귀머거리로 시작해서 내 시의 출발과 함께 이 세상의 시상(詩想)이 내 감각과 의식에 드나들기 시작했던 것입니다. 나는 한국 현대시의 천재인 김소월도 몰랐고 몇몇 향토(鄕土)의 시인만 알았을 뿐이에요. 그러다가 뒤늦게 한국의 프랑스 문학 학자들을 통해서 1960년대 초에 보들레르와 말라르메, 발레리 등을 안 뒤 그들에게 빠져들었고, 다른 한편 바이런과 괴테, 횔덜린, 릴케도 만났습니다.

1970년대에는 마야꼽스키, 네루다, 로르카를 만났고, 1990년대에는 보르헤스에 매혹되었습니다. 이 보르헤스가 타고르를 혹평하며 매도한 것에 이상한 충격을 받기도 했지요. 뒤늦게 만난 미국 시인 알렌 긴즈버그, 개리 스나이더, 그리고 프랑스 시인 미쉘 드기와 스웨덴의 트란스 트뢰메르, 스페인의 안또니오 꼴리나스, 남아공의 브라이튼 브라이튼바하와의 친교는 각별합니다. 이 가운데서 스나이더와는 서로 '지구 저쪽의 형제 시인'이라고 부르며 서로 그리워합니다.

9

시와 정치

라민 | 선생님은 한국 정치의 일상성에 접촉되고 영향 받으셨던 것으로 보입니다. 하지만 시는 일상성을 벗어나 있습니다. 프랑스 시인 이브 본느프와는 "시는 지속적인 추구이며 그것은 우리가 진실에 기초한 사회 건설에 도움을 줄 수 있다" 라고 말하곤 했는데요, 선생님께서는 이 말을 믿으시는지요?

고은 | 이브 본느프와의 담론은 치열합니다. 하지만 행동가로서 현실문제를 생각하거나 개선하는 일에는 별다른 자취를 남기지 않은 듯 합니다. 나는 꼴레즈 드 프랑스에서 그를 만난 적이 있는데, 그때 그는 내 불교 세계와 말라르메의 세계가 근사치(近似値)로 연결될 수 있을 것이라고 말했습니다. 그는 한국에서의 민주화 운동이나 남북통일 운동과 관련한 나의 참여에 관련해서는 관심이 없었습니다. 본느프와 얘기를 꺼내서 하는 말인데, 프랑스에서 나는 삶을 만나기보다 언어를 만나요. 프랑스는 언어 없이는 존재하지 않는 것 같습니다. 그곳에서는 침묵도 언어의 문화재가 됩니다.

정치나 경제의 현실 지속적인 성능으로 사회를 성장시키는 일에 시를 결부시킬 용기는 나에게 없습니다. 하지만 시는 사회의 전환에 극적인 힘을 발휘함으로써 하나의 사회적 영혼을 만들어 낼 수 있다고 나는 믿습니다. 러시아의 대중 시인들은 또 하나의 트로츠키이기도 하다는 게 내 생각이에요. 너무나 일찍 희생된 로르카는 사후(死後)에 시로써 세계의 실천 공감을 자아내고 있습니다. 네루다 역시 그렇지요.

시가 진실과 일치하는 문제는 차라리 괴테의 전인성(全人性)보다는 횔덜린의 자폐(自閉)에서 더 많이 찾을 수 있을 것입니다. 그것은 훗날 베르톨트 브레히트가 온갖 체제의 허위에 대항했던 것에서 찾는 것이 더 나을 것입니다.

라민 | 그런데 1970년대에 들어 선생님께서는 사회적 정치적 대의(大義)에 적극적으로 참여하시게 됩니다. 그리고 그런 활동 때문에 투옥되셨습니다. 선생님은 로르카, 아라공, 네루다, 그리고 정치에 참여하지 않을 수 없는 불가피성을 느꼈던 여러 문화권의 여러 시인들을 떠올리게 합니다.

고은 | 라틴 아메리카에 가면 나를 '한국의 네루다'라고 말합니다. 중국에 가면 '한국의 이백'이라고 하고, 독일에 가면 '한국의 괴테'라고도 부릅니다. 과분하게도 프랑스에서는 '한국의 빅또르 위고'라고도 합니다. 어떤 인도 시인은 나를 '한국의 톨스토이'라고 말했어요. 그러나 이런 임시 애칭들은 손님에 대한 친절과 예찬일 뿐이고 내 문학의 어떤 한 면을 더 강조한 것일 겁니다.

나는 궁극적으로 무의 고은이고 고은의 무입니다. 나는 시인의 현실

참여나 현실적인 자기희생이 반드시 시인의 운명이라고 규정하지 않습니다. 시인은 수많은 다른 운명을 가질 수 있는 존재입니다. 한 시인의 생애 가운데서도 여러 시인의 얼굴이 들어 있는 시인의 경우가 있습니다. 나의 경우 나는 내 20대의 시인이 아니고, 40대의 시인으로만 고착될 수 없으며, 내 80대에 나는 이로부터 또 다른 시의 세계에 들어가 있을 것입니다.

하나는 영구분화(永久分化)하고 여럿은 하나를 그리워하지요, 우주처럼 말입니다.

나

나는 삼라만상이었다
나는 무당벌레였고
암소였고
불개미의 하나였고
야차였고
참나무였고
참나무벌레였다
나는 풍뎅이였고
죽어
바람에 흔들리는 거미줄 풍뎅이 껍질 두고 떠나
돌아오지 않는 연어였고
우렁이였고

7월의 독사였다 독사의 허물은 거룩하였다

나는 개가 되고 싶었으나
이 세상에서 가장 야만의 족속 인류의 후손이었다
등짐장수였다가
호랑이에 물려 죽었고
구더기였고
또 구더기이리라

또 나는
들토끼였고
들토끼였다가
멧돼지에 잡아먹혀
멧돼지 새끼로 태어났다 지혜가 싫었다

나는 인간으로 태어나
선무당이었고
다시 인간의 거죽 벗겨져
병아리가 되기 전
깨어진 달걀이었고
칠천 킬로미터 낮과 밤의 지친 기러기였다

나는 고려 말 천안 삼거리 술집 중노미였고
조선 중기

부안 뱃사공이었다

나는 아메바이리라 달밤에 오래 울리라

—『늦은 노래』, 2002

지난 세기 70년대 80년대를 관통하며 나는 시의 사회적 참여적 과제를 벗어난 적이 없습니다. 사적인 가치나 현실문제를 벗어난 비정치적인 경향들은 멀리했습니다. 그러다가 1990년대에 들어와 나는 다른 차원의 세계를 추구하는 나를 만나게 됩니다. 우리나라의 사회 정치 상황이 아주 절망적이지는 않게 되었다는 점도 당연히 그 바탕에는 있을 것입니다.

나는 사회의 존엄성과 똑같이 가족의 중요성을 알아차렸고, 또 땅의 가치와 똑같이 구름과 밤하늘의 숭고성을 통감하기 시작했습니다.

무제 시편 193

나의 신앙은 이것이다

아침이슬을 믿는다
며칠 뒤의 비를 믿는다

바람을 믿는다

바람에 실려오는
똥 냄새를 믿는다
깡패들의 밤을 믿는다

진리를 믿는 것이 아니라
진리가 변하는 것을 믿는다

이제 우주의 완성인 나의 회의로
믿을 것이 전혀 없다는 것을 믿는다

나의 신앙은 또 무엇이다

—『무제 시편』, 2013

시는 나에게 하늘이나 땅 그리고 밤낮입니다. 그것을 나는 '정신물리학적 전회(轉回)'라고 명명하지요. 나는 지금 정치 이상으로 비정치인 우주 현상에 압도되고 있는 나를 봅니다. 지금도 나는 수시로 칼 세이건을 읽습니다. 그럼에도 불구하고 현실적 상황에 대한 내 인식과 진단 그리고 정치적 감각이 무뎌진 적은 한 번도 없습니다.

제 2 부

후유증—선택적 친화력

1

폐허와 재(灰)

라민 | 선생님의 젊은 시절의 첫 시 모음집인『피안감성』은 1960년에 출간되었는데, 당시 선생님은 불교 승려였습니다. 그때의 시들을 돌이켜보실 때 선생님께서는 지금도 그때의 정신적 경험과 근접해 있다고 느끼시는지요? 아니면 그것은 닫아버린 시집일까요?

고은 | 나의 첫 시집『피안감성』은 실제로는 두번째 시집이에요. 30여 편의 시로 이루어진 나의 첫 시집은 원래의 제목이『삼각시집(三角詩集)』이었는데, 나중에 제목을『불나비』로 바꾼 후 인쇄에 들어갔다가 인쇄소에서 화재가 나면서 인쇄 직전의 원고가 다 불타버렸습니다. 당시 내가 시들을 따로 베껴두지 않아서 몇 편의 시 말고는 거의 다 잃어버렸습니다.

화재와 관련한 나의 첫 기억은 내가 6살 무렵 우리 집이 화재로 몽땅 불타버려서 4칸의 본채가 잿더미가 된 것이었습니다. 그 시꺼먼 폐허에서 어머니가 수저나 놋쇠 그릇 등을 주워내던 기억이 지금도 또렷합니다.

그 첫 화재의 기억이 내 첫 시집이 불타 없어진 사실과 중첩되었습니다. 그것은 또 내 청춘이란 것이 잿더미 폐허에서 살아남았다는 것의 은유가 되는 것도 같습니다.

시집으로 처음 출간된 『피안감성』의 시들은 그 당시 내가 한국의 대표적인 큰 사찰인 해인사에서 단식 수행 등 선(禪) 수행을 하던 중의 여가(餘暇)에 나온 것이었습니다.

그 시집에 대해 당시 서울에 있던 여러 시인들의 반응과 응원이 컸습니다. 누군가는 '꼬리아의 타고르'라고 엉뚱한 찬사를 보내오기도 했지요.

천은사 운(韻)

그이들끼리
살데.

골짜구니 아래도 그 우에도
그이들의 얼얼이 떠서
바람으로 들리데.

이제 그이들은
밤 솔바람 소리

차라리 바위 보아
비인 산허리

가을이 오데.

바위 보아
나앉아 우는 추녀 끝
뜰에 떨어지는 풍경 소리에

그이들끼리
살데.

돌아가 한번 잊은 뒤
도로 가고 싶은
그이들이 얼바람진 산허리

그이들은
살데.

그이들은
살데.

—『피안감성』, 1960

그러나 나는 정작 그 시집에 불만이 있었습니다. 어떤 시는 너무 불교적이고 어떤 시는 너무 세속적이라고 생각했습니다. 훨씬 훗날 프랑스의 시인 알랭 주프르와가 나에 대한 시를 쓰면서 "고은은 고은 만다라다" 라고 말했는데, 이미 그때에도 나의 세계는 특정한 분야에 한정되지 않고 여러 색조와 여러 차원의 필수적인 혼합의 요소들이 있었던 듯 합니다. 그것이 발전해 어쩌면 훨씬 나중인 지금은 내 시가 천체물리학적인 정서와 입자 물리학적인 의식과의 총화(總和)와도 동행하게 되었는지 몰라요.

1960년대 초 환속한 뒤 나는 한동안은 낮에는 자기학대 밤에는 자기도취라는 두 가지 모순으로 살기도 했습니다. 그리고 바로 이런 모순과 자아라는 것이 전혀 허구(虛構)일 뿐만 아니라 또한 삶의 무상신속(無常迅速)과 번뇌를 지속시키는 욕망의 소산이라는 것을 알고 있었습니다. 나는 불교 〈금강경〉의 노선(路線)이기보다 삶의 실존적 사색을 통해서 삶의 의미를 소의 되새김처럼 씹고 씹었습니다. 어쩌면 나에게는 이미 그때부터 근대적 자아의식에 대한 본능적인 반발이 있게 되었는지 모릅니다.

영적(靈的)인 것, 영혼과 관련되는 것에 사로잡히지 않은 시인이란 이 세상에 없습니다. 나도 이런 것에 걷잡을 수 없는 유혹을 느끼며 종교적 정서가 고조되기도 했습니다. 하지만 언제부터인가 의미는 무의미의 표현이라는 것을 감지한 이후에는 영적인 것보다는 무의식이나 극미(極微)의 물질 세계의 운동 즉 세계의 동인(動因)에 점점 더 기울어졌습니다.

결국에는 정신과 물질의 무분별, 물질에서도 입자(粒子)와 에너지의 무분별이라는 쪽으로 내 사고의 결실이 이루어졌습니다. 심지어 나는 내 신체가 내 정신을 만든다고 생각할 때도 있습니다.

그래도 시의 세계는 더욱 신비의 세계입니다.

무제 시편 254

루쉰의 '부재자'
보르헤스의 '투명인간'
고대 인도 마누법전이 말하는 '나스티카'
'없는 자'라는 것

하기사 브라만이 멋진 이유야
그 자신이
허공의 다른 이름이기 때문인 것

나는 너무 많이
이 세상의 곳곳에 있었다
이 세상의
여러 시대에 있었다
나는 현대이고 고대이고 역사 이전 선사이다
나는 세계의 동서남북이었다

나야말로 올 데 갈 데 없는 중음中陰으로 돌아가야 한다
내일부터 당장

—『무제 시편』, 2013

라민 | 선생님께서는 두 번째와 세 번째 시집인『해변의 운문집』과『신, 언어 최후의 마을』을 각각 1964년, 1967년에 출간하셨습니다. 그런데 이때는 폭음이 두드러졌던 선생님의 아주 어두웠던 시절이었습니다. 시를 포기하거나 시 쓰기를 그만두겠다고 생각해 보신 적이 있으셨는지요?

고은 | 1960년의 첫 시집에 이어 두 시집이 연이어 출간되었습니다. 1964년 나는 바다에서 자살하려고 멀리 목포로 가서 배를 타고 제주해협을 건넜어요.

그런데, 배에서 달빛에 취해 술을 너무 많이 마시는 바람에 자살할 것을 잊어버리고 잠이 들어버렸어요. 바다에서는 술에 취하지 않는다는 것을 몰랐지요. 깨어나 보니 한국의 남쪽 바다에 떠 있는 제주도였습니다.

그곳에서 3년을 체류했고 그때 쓴 시를 당시 서울의 한 친구가 출간해주었어요. 그 당시 한국의 사정으로는 시집을 내는 일은 아주 드물었습니다.

지금도 나는 두번째 시집『해변의 운문집』에 나오는 바다의 밀물 같은 풍요한 언어적 정서의 유로(流露)를 좋아할 때가 있습니다.

묘지송(頌)

비록 아무도 찾아오지 않으나 그대 자손은 차례차례로 오리라.
지난밤 모든 벌레울음 뒤에 하나만 남고 얼마나 밤을 어둡게 하였던가.
가을 아침, 재보財寶인 이슬을 말리며 그대들은 잔다.
햇빛이 더 멀리서 내려와 잔디 끝은 희게 바래고
올 이른 봄의 할미꽃 자리 가까이 며칠만의 산국화가 모여 피어 있구나.

그대들이 지켰던 것은 비슷비슷하게 사라지고 몇 군데의 묘비는 놀라면서 산다.
그대들이 살았던 이 세상에는 그대들의 뼈가 까마귀 깃처럼 운다 하더라도
이 가을 진정 슬픈 일은 아니리라.
오직 살아있는 남자에게만, 아니 뭔가 잃어버린 남자에게만
가을은 집 없는 산길을 헤매이게 한다. 절도, 절의 종소리도 없어야 한다.

그대들은 이 세상을 마치고 작은 제일 하나를 남겼을 뿐
옛날은 이 세상에 없고 그대들이 다만 옛날의 예감을 이루고 있다.
어쩌다, 잘못인지 노랑나비가 낮게 날아가며
이 가을 한 무덤 위에서 자꾸 저 하늘에도 무덤이 있다고 일러 준다.
아무도 찾아오지 않는데 그대들은 이 무덤에 있을 뿐 그대 자손들은 곧 오리라.

—『해변의 운문집』, 1964

『신, 언어 최후의 마을』, 일명 『제주가집(濟州歌集)』은 내가 제주도 3년 숙(宿)을 마치고 1967년에 서울로 오자마자 나온 시집입니다. 이 두 시집은, 환속한 뒤의 실존적 절망상태가 만성적으로 진행되고 극도의 불면증으로 수많은 밤을 뜬 눈으로 지새면서 내가 세계의 숙직자(宿直者)이거나 우주의 고아 또는 미아가 되었다는 환각에 시달리기도 했던 시기의 산물입니다. 절망은 언어의 이상기온(異狀氣溫)을 낳았습니다.

당시 절필의 유혹은 거의 계절적 질환으로 찾아왔습니다. 1960년대에는 비사회적 삶으로 그랬고, 1970년대에는 한국의 암담한 군부 집권에 대한 치열한 저항 때문에 그랬습니다. 시는 본질적으로 시의 절필을 통해 다음의 시를 탄생시키는 것인지 모릅니다. 나는 시는 숙명적으로 모계사회의 유전자를 이어오고 있다고 생각합니다. 아이 낳아서 그 아이가 곧 죽거나 또는 자라나는 동안 또 하나의 아이를 낳는 어머니의 자궁을 시의 샘도 닮고 있어요.

어느 자화상

단어와 단어 사이에는 국경이 있다
그 국경 언저리
오도가도 못하는 무국적자가 있다

그 단어들의 사생아인 시인

—『부끄러움 가득』, 2006

2

운명과의 만남

라민 | 선생님의 삶을 변화시킨 것은 무엇이었습니까? 한 젊은 의류 노동자 전태일의 자기희생이었습니까?

고은 | 어느 날의 저녁 낙조가 나의 삶을 변화 시킬 수도 있고 어느 날의 태풍이나 미풍이 나의 길을 바꿀 수도 있을 것입니다. 변화는 극적 계기를 전제로 하기도 하지만 그와 반대로 나도 모르게 계절의 일상에 도둑처럼 와서 나를 다른 나로 만들기도 합니다.

8세 때의 나를 16세의 나로 변화시킨 것을 반드시 어떤 필연성으로만 규정할 수 없습니다. 내 귀를 스치고 간 바람 소리처럼 나를 건드리고 나에게 닿은 수많은 세상의 관계망 속에서 그 중의 어떤 현(絃)에 내 고막의 혼(魂)이 울려 나에게 변화의 감동을 베풀었는지를 굳이 하나하나 살펴볼 이유는 없을 거에요.

1970년 겨울 내가 한 노동자의 분신자살 사건과 만난 것도 하나의 우연이었습니다. 통금시간이 있던 그 당시 나는 서울 한복판에 있는 한 '바라크'(幕舍:퇴락한 임시가옥) 술집이 문 닫은 뒤에도 혼자 남아서

술을 먹다가 탁자 위에 널부러져 잤습니다. 술집 주인이 나에게 너그러웠거나 나를 연민해서 그런 배려를 누린 것이었겠지요.

그런데 술 취해 몹시 불편해진 몸 상태로 탁자에서 굴러 떨어져서 그대로 자고 있다가 새벽에 갈증으로 잠에서 깨어났습니다.

내 흐리멍덩한 눈이 바닥에 떨어져 흩어져 있던 며칠 지난 신문에서 1단으로 작게 실린 한 노동자의 자살사건 기사를 읽게 되었습니다. 한 노동자가 노동 현실의 개선을 부르짖으며 분실 자살한 내용이었습니다.

그 당시는 신문 기사도 검열 받을 때라 이런 기사가 1단으로나마 나온 것은 아주 특별한 것이었어요. 내 숙취의 괴로움에도 불구하고 나는 그 사건에 이끌리며 갑자기 술이 확 깨는 걸 느꼈습니다. 나는 그 노동자의 죽음과 나의 거의 습관화된 자살 충동을 비교하며 성찰하기 시작했습니다. 그 후 이런 관심은 차츰 나에게 우리나라의 처참한 노동 현실 또는 사회 현실의 구조 모순에 대해 눈을 돌리게 했습니다. 깊은 밤 많은 독서와 사유를 통해 나는 우리 민족과 역사 그리고 당면 사회의 문제에 폭넓은 관심을 가지게 되었습니다.

나중에는 내 허무주의가 너무 길게 이어지고 있다는 것을 깨닫게 되었고, 그러면서 나는 나의 허무 의식이 역사의식으로 바뀌는 극적인 체험을 하게 됩니다. 세상에 대해 시인으로서 하나의 사명을 가지게 된 것이지요. 우연이 필연의 운명으로 된 것입니다.

거의 돌발적으로 보이지만 내 정신 상태는 그렇게 전환되었습니다. 허무에서 사회로, 허무에서 역사로의 이행(移行)이 일어난 것입니다.

나는 그 이전까지는 역사 같은 것에는 전혀 무지했고 정치와 사회는 나에게 무관심의 대상이었습니다. 그때까지 나는 원격 장치로 고대의 인도적 무상(無常) 개념과 비역사적인 전생체계(轉生體系)를 내 혈친(血親)으로 두고 있었습니다. 그 체험 이래로 나에게는 맹렬한 저항이 오고 죽음과 허무가 떠나갔습니다. 하루아침에 나는 길거리로 나갔고 저항 대열의 맨 앞장에 서 있었고, 감시 대상의 인물이 되어 그 후 수많은 탄압을 받게 되었습니다.

그 시절 어떤 시기에는 파견 나온 중앙정보부원의 밀착 감시를 받아 그가 우리 집에 와서 내 방에서 함께 지내는 동안 공중목욕탕에도 함께 들어갔고 내가 결혼식 주례를 할 때에는 그도 식장에 참석했습니다. 경찰 형사 말고 중앙정보부원이나 육군 보안사 감시원의 이중 감시를 받을 때도 있었습니다. 그런데 사실 이런 변화는 나에게만 있었던 건 아니었습니다. 한 노동자의 죽음은 그 당시 한국의 군사정권에 숨죽이고 있던 많은 지식인들을 변화시키고 각성시켰습니다.

전태일

그의 죽음은
너의 시작이었다.
나의 시작이었다.
하나둘 모여들어
희뿌옇게
아침 바다의 시작이었다.

그는 한밤중에도 우리들의 시작이었다.

—『만인보』 10권, 1996

3

시와 정의(正義)

라민 | 1972년 이래 시인 고은은 정치 운동가 고은이 되었습니다. 이때 고은은 한국의 독재체제에 맞서는 한국 작가 및 예술가의 대변인 중 한 사람이 된 것입니다. 선생님께서는 어떻게 시와 정치를 결부시키셨는지요?

고은 | 나는 작가들의 한 저항 단체를 만들어 그 대변인이 되었고, 또한 1970, 80년대 한국 사회 전역에 걸친 종교인, 교수 등 지식인, 정치인을 망라한 사회 통합적인 반체제 운동체의 핵심권에 들어있었습니다. 이것은 나에게 무슨 특별히 운영 능력이 있어서가 아니라 나의 지치지 않는 열정 때문이었다고 생각합니다. 목사 문익환 등과 나는 감옥을 축복의 장소로 여기기까지 했습니다.

시 없는 시의 체험, 언어를 금지 당한 장소에서 나만의 언어 세계 즉 언어 그 이상의 어떤 체험에 이르는 것도 그런 감옥 안에서 가능했습니다. 또한 감옥은 지식인에게는 민중과 만나는 장소를 뜻하기도 했습니다.

시는 현실 없이는 불가능합니다. 그러나 시는 현실초월 없이도 불가능합니다. 이 두 가지 불가능성이야말로 시를 현실과 현실 너머라는 두 세계 사이에서 살아있게 합니다. 정확한 기억인지는 모르겠으나 옥스포드대의 시학교수 존 베일리는 그의 한 평론집에서 세계 각처의 시 가운데서 그 나라의 정치 현실에 맞서있는 현실참여의 비장한 자기 헌신이야말로 시의 생명성이라고 확인한 바 있습니다.

시가 지난날의 단순 서정이나 사물이나 마음에 머물지 않고 그 주제를 권력과 폭력에 맞서는 저항으로 삼는 것도 얼마든지 시의 본질적인 속성입니다. 그렇더라도 나는 정치 시가 시의 전부라는 독단은 강력하게 거절합니다.

1980년대 초『고은시전집』이 출간될 때 나는 서문에 "시는 가장 앞에 있는 진실이다. 그러므로 어느 상황에서나 그 전위(前衛)는 시이다."라고 쓴 적이 있습니다. 이 말은 아직도 변함없는 진실입니다. 하지만 나는 언제나 아기의 시인으로 돌아오는 시의 원점(原點)을 내 시의 본연(本然)으로 삼고 있습니다. 시는 나의 이 세상, 차안(此岸)이자 또한 저 너머의 세계, 피안(彼岸)입니다. 아기에게는 엄마 말고 동화와 상상의 세계도 현실인 것입니다. 동화는 현실이 아니어도 아기에게는 엄마 아빠의 현실에서 독립한 독자적인 현실성을 갖습니다. 시 역시 그렇습니다.

역사

역사란 기억의 정치이자 진실의 묘지이다.

역사와의 대화는 끝내 독백이다.

다행인 것은 오직 역사 속에서 그대 상상력은 자라나고 있다.

전위(前衛)

전위에는 청춘이 있다.

전위는 패배하므로 아름답다. 그 패배 뒤에 새로운 시대가 온다.

전위는 외부로부터 살해당할 뿐 아니라 내부로부터 깨지는 달걀 껍질이다.

―『개념의 숲』, 2009'에서 2개의 단어 정의

라민 | 오늘의 세계에서 선생님께서는 여전히 시인들은 불의와 불평등에 맞서 정치적 참여에 나서야 한다고 생각하시는지요?

고은 | 불의와 불평등은 정의(正義)를 향한 지향(指向)과 평등을 성취하려는 욕구에 맞서는 인류학적 과제입니다. 불의나 불평등은 가장 오래된 인류사의 악덕입니다. 그것은 정의나 평등이라는 꿈을 거듭 헛되게 만들어 왔습니다.

그런데 정의나 자유의 뜻은 자주 힘에 의해서 좌우되고 있습니다. 세계에서 진리나 자유, 또는 정서는 수학의 답을 얻지 못합니다. 이쪽의 정의가 저쪽에서는 불의가 되기도 합니다. 이런 상대성이 바로 이 세상의 현실입니다.

현실

모순과 갈등의 구조물.

이 구조물 이외에는 내가 살 곳이 없다.

화성, 금성, 띠를 두른 토성에서는 아직 현실이 없다.

정의(正義)

정의는 힘인가,

아니 정의는 가장 힘 있는 꿈인가?

평등

평등은 지구와 달의 크기를 똑같이 만드는 일이 아니다.

그것은 공상 속에 있는 5대5가 아니다.

6대4로 될 때가 가장 행복한 평등일 것이다.

그것은 꿈이다.

절망이다.

인류

지구 위의 한 시기 주인

공동체

수많은 실패를 거듭하지만 공동체의 꿈 없이 현세는 절망이다.

그러나 수많은 공동체의 이론들을 경계하라.

그 이론들이 잠드는 것도 경계하라.

권력

권력의 본질은 폭력이다.

원시 공산주의 이후 그것은 변할 줄 모른다.

오늘에는 핵, 미디어, 인터넷 프로그램들, 문화가

다 정치 권력과 동등한 권력이다.

—『개념의 숲』, 2009'에서 6개 단어에 대한 정의

시적 보편성은 반드시 이런 현실의 난관에만 적용되고 마는 것이 아닙니다. 시가 현실과 꿈의 경계를 지워버리는 것, 그리하여 현실을 꿈으로 만들고 꿈은 현실을 재 현실화 하는 것, 그런 변환의 임무가 시인에게 부여되지요.

시인(詩人)의 마음

시인은 절도 살인 사기 폭력

그런 것들의 범죄 틈에 끼어서
이 세계의 한 모퉁이에서 태어났다.

시인의 말은 청계천 창신동 종삼 산동네
그런 곳의 욕지거리 쌍말의 틈에 끼어서
이 사회의 한동안을 맡는다.

시인의 마음은 모든 악과 허위의 틈으로 스며나온
이 시대의 진실 외마디를 만든다.
그리고 그 마음은
다른 마음에 맞아 죽는다.

시인의 마음은 이윽고 불운이다.

—『피안감성』, 1960

불의는 하루아침에 이길 수 없습니다. 불평등은 구석기시대의 원시공산체제라 불리는 시대부터 단 한 번도 약화된 적이 없어요. 계급, 차별은 정치의 차원만이 아닙니다. 그것은 어쩌면 생물학적이며 실존적인 숙명이기도 합니다. 인류 욕망으로서의 소유는 언제나 인간의 제1 목표였습니다.

이것은 어떤 미래의 혁명이나 체제도 해결할 수 없는 커다란 난제입니다. 하지만 우리에게는 이 문제를 외면하지 않는 또 다른 목표가 있고 이와 함께 소유 조절의 과제도 안고 있습니다. 그것이 바로 이 세상에서 평등의 의미가 지워지지 않는 이유입니다.

공산주의

인류의 꿈이다.

그러나 지금은 인류의 한 재앙이다.

25세기 그 시대에는 단계적으로 실현되리라.

제4차원적 이데올로기가 되리라.

욕망

욕망으로 더욱 가난해진다

욕망으로 더욱 풍부해진다

욕망이란 무덤 아니고는 어디에도 파묻을 곳이 없다.

욕망 2

불가결성이다

불가피성이다

이것 없이는 세계가 구성될 수 없다.

소유

소유란 늙은이에게 더 강한 것이다.

그러나 이 시대는 젊은이들도 늙은이와 다를 바 없다.

일하지 않고 가지려 한다. 버리려 한다.

불교의 무소유는, 중세 기독교 수사들의 무소유는 인류가 좀 더 소유의 의미를 연장시키는 소재가 될지 모른다.

혁명

혁명은 성공하자마자 혁명이 아니다.

호찌민과 체 게바라는 그 때문에 혁명가이다.

—『개념의 숲』, 2009'에서 4개의 단어 정의

나의 시는 그런 태풍 속에서 내 손안에 가려져 있는 부위인지 모릅니다. 이런 냉엄한 사실로부터 사회정의나 평등이라는 최상의 인류적 가치에 내 마음의 한 부분을 열렬하게 바쳤습니다.

현실 세계에서는 지배적인 체제 또는 이데올로기가 자주 사람들을 편향된 정의로 오도(誤導)하거나 정의를 독점합니다. 사실 평등은 언제나 기피될 뿐입니다. 그것은 텅 빈 개념으로만 허공에 떠돌고 있기 십상이에요. 그러므로 공(公)으로 사(私)가 희생되거나 사의 욕망으로 공에의 헌신이 줄어드는 것을 경계하는 정신적 비상상태가 우리에게는 늘 필요합니다.

나 자신은 공과 사를 함께 지키고 싶습니다. 내 가족에의 지극한 사랑이 나의 사회 정의의 구현과 내 우주에의 귀의(歸依)와도 맞닿아 있기를 갈구합니다. 지구는 공전과 자전으로 운행(運行)을 멈춘 적이 없습니다. 공전은 공이고 자전은 사를 뜻할 것입니다. 이 사와 공으로 지구는 무한 가동(可動)합니다.

4

시인과 시인의 이상(理想)

라민 | 그런데 죄수들을 위한 탄원서에 서명하거나 자신들의 이상을 위해 감옥에 가려는 시인들이 아주 적습니다.

고은 | 나는 다른 시인들의 소신에 대해서는 왈가왈부하지 않겠습니다. 70시인에게는 그들만의 기질과 특성이 있고 우리는 그것을 받아들이고 거기에 관대해야 합니다. 그럼에도 불구하고 때때로 시인은 감옥도 불사할 이유가 있어야 하겠지요. 다만 감옥이라는 공간은 하나의 특정 사회인 동시에 인간이 구조적으로 파괴되는 곳이기도 하다는 걸 말하고 싶습니다. 우리 시인 작가들이 국제 펜을 통해서나 투옥된 지식인을 후원하는 국제기구를 통해서나 자신의 양심을 지키다가 고난 받는 세계 각처의 동료 작가들을 구출할 의무는 언제까지나 유효합니다.

나도 1980년대 말과 90년대 초 세계 각국의 문인과 지식인의 구조 운동의 혜택을 누린 바 있습니다. 살만 루시디도 나와 함께 그 대상이었다고 나중에 들었습니다. 나 자신 팔레스타인의 고난 받는 시인을 옹호하는 대열에 동참하기도 했습니다.

라민 | 선생님께서는 사회적 이해를 도외시하는 시인들은 무시해도 된다고 여기시는지요?

고은 | 사실인즉 현실참여를 꺼리는 시인들이 더 많습니다. 시인들도 인간인지라 두려움에 약합니다. 그렇다고 나는 그들을 무시하거나 폄하하지 않습니다. 그들 중 누구로부터 언젠가 치열한 현실참여의 종소리가 들려올지 누가 알겠습니까? 다만 사르트르나 솔제니친, 그리고 인도네시아의 고난의 영웅이자 작가인 뿌라무디아 아난따 뚜르같은 사람은 흔하지 않은 게 사실입니다.

그런데 개인적으로 나는 당신이 연구했던 까뮈보다 현학적인 싸르트르를 더 가까이 하는 쪽입니다. 알제리 사태로 프랑스 정부가 고단했을 때 싸르트르를 구속하자는 장관의 제안에 드골은 "그는 또 하나의 프랑스야"라고 말하며 그대로 두었다는 일화를 읽은 기억이 납니다. 내가 볼 때 까뮈는 문학이고 싸르트르는 문학 이상입니다.

라민 | 선생님께서는 시는 언제나 큰 위기로부터 살아남았다 라고 말씀하시겠습니까? 선생님은 한 시인으로서 어떻게 한국의 독재에서 살아남으셨는지요?

고은 | 1979년 박정희의 군부 독재정권도 거의 20년을 앞두고 있었어요. 그 무렵 그의 제2인자가 한국의 민주화 운동을 이끄는 각계 지도층 200명 정도를 캄보디아에서 자행했던 학살처럼 일거에 처단

하려는 계획을 진행했어요. 그런데 이 와중에서 궁정동 쿠데타가 일어나 대통령과 제2인자가 암살당하게 되었습니다. 이 사건 배후에 미국CIA가 원격 조종했다는 설도 있었지요. 이 사건은 내가 감옥에 있을 때 일어났고, 그 뒤 나는 감옥에서 나오게 되었습니다. 그러나 다음해인 1980년 5월 나는 내란음모죄로 다시 잡혀 들어가 긴 감옥생활을 해야 했습니다.

나는 시인으로서 언제나 죽을 용기를 가슴 속에 묻고 있었습니다. 아마도 그것이 내가 살아남을 수 있었던 힘이었을 겁니다.

내일

괴로운 날은 오직 내일만이 푸르른 명예였다.
그것이 나에게 남아있는 힘일진대
손 흔들어
저물어가는 날을 속속들이 보내야 했다
그 무엇이 참다웠던가
이것이라고
저것이라고
또 저것이라고
지난날
수많은 밤이 쏘아 올린 별빛 아래
사랑하는 일도 미움도
내 아버지의 나라도

오늘뿐이라면
차라리 빈 잔 그대로 두어 권하지 말라

오 남루의 운명
아무리 눈부신 육체와 독재가 하나일지라도
그것이 오늘이라면
이미 저 건너 바람 속으로
한 어린아이처럼
어떤 환영 인사도 없이 혼자 빛발 쳐 오리라
내일! 이 얼마나 빛나는 이름이냐

—『조국의 별』, 1984

시의 1만 년, 시의 전승(傳承) 5천 년의 세월 속에서 시의 황금기와 시의 위기는 여러 번 반복되었습니다. 시 자체가 천하의 음악일 때도 있었고, 시가 저주와 멸망의 부호(符號)인 때도 있었습니다. 그러나 시의 심층에는 언제나 진실을 노래하려는 마그마의 불길이 들어 있습니다.

권력은 시를 시종의 아양 떨기로 만들고 싶어합니다. 시는 역대 권세와 전쟁의 찬가를 불러대기도 했지만, 그런 시의 반대편에서 시는 풍자와 분노를 노래하기도 했습니다. 또한 문명의 전기(轉機)마다 시 형식 자체가 무효화되거나 해체되는 위기도 만났습니다. 어쩌면 20세기 후기부터 본격화된 디지털 문명에 와서 시가 '아날로그'로 밀려나는 현상도 그런 것의 하나일 것입니다.

내가 태어나고 1년 뒤인 1934년부터 서구에서는 '시의 죽음'이 말해졌습니다. 그리고 이 '죽음'은 더 넓혀지고 더 깊어지며 오늘날에 이르렀지요. 동아시아에서까지 '근대 문학의 종언(終焉)' 운운은 이제 일반적인 표현이 되었습니다.

1945년 폴 발레리가 죽었을 때 프랑스는 국장(國葬)으로 시인의 죽음을 애도했는데 그것이 시의 어떤 마지막을 뜻했던 것인지 모릅니다. 지금이야 한 시인의 죽음 따위는 행려병자의 객사나 다름없게 되었습니다. 그것은 전보다 시인의 수가 비교할 수 없게 많아졌기 때문일 수도 있겠지만, 시인의 죽음에서 시의 죽음을 읽는 일은 참담합니다.

지난날에는 바이런이 그리스 독립 전선(戰線)에서 병사한 것 자체를 시의 절정으로 삼기도 했습니다. 내 실감으로는 20세기까지는 문학이 세계의 으뜸 축제로 살아 있었으나 21세기 이후로는 문학의 소외 현상이 증대되고 있습니다. 가령 오늘날 세계 각지에서 열리고 있는 시 축제나 문학제를 볼 때, 아직도 청중이 넘치는 시 축제도 있어 나라마다 경우가 다르기는 하지만, 21세기에 들어와 문학제, 시 축제가 일반적으로 시인들과 작가들만의 잔치로 끝나는 경우를 적잖게 목격하게 됩니다.

그리스 국제 시 축제에 참석했던 월레 소잉카는 시 축제가 꼭 학예회 같다고 말한 적도 있어요. 시 축제가 축제가 아니라 어떤 추도식과 같다고 느껴질 때도 있습니다. 문학이라는 불치병에 걸린 중환자들이 모여서 자신의 문학을 애도하는 시간이 아닌가 여겨질 때가 있어요.

흔히 질량의 법칙을 말하는데 나는 양(量) 없는 질(質)은 허위라는 것, 양(量)이라는 대지 위에 질(質)이라는 꽃이 핀다는 것, 양이야말로 질의 모체라는 것을 강조하고 싶습니다.

문학의 질은 문학의 양을 찾아 떠나야 합니다. 이것은 대중문학의 찬양이 아닙니다. 문학이 대중의 개념을 부정할 때의 부담은 너무 무겁습니다. 독자와 청중이 없는 시는 작자의 독백일 뿐입니다. 고대 이백이 중국 대륙의 방방곡곡에 가면 이백의 시에 넋을 잃은 고위층과 인민들이 가득했습니다. 독자 없는 작가는 작가가 아닐 수도 있습니다.

일인칭은 슬프다

슬프다 깨달음은 어느새 모순이 된다
지난 세기 초
혁명 뒤 소비에트 시인들은
'우리들'이라고만 말하기로 했다
'우리들'이라고만
시인 자신을 부르기로 했다
황홀했다
그 결정은
폭설 때문에
거리에 나가지 못한 채
방안에 서성거릴 때도 유효했다
저 혼자
'우리들…….'이라고 맹세했다
거울 저쪽에서
'나'는 어디론가 사라졌다

어느 화창한 날 뛰쳐나온 마야콥스키도
‘우리들’이라고 외치고 외쳤다
그는 거리의 시인이었다
어디에도 ‘나’는 허용되지 않았다
‘나’는 죄악이었다
‘우리들’
‘우리들….’
오직 그것만이 주문(呪文)의 권력이 되었다.

차츰 하늘의 저기압이 눌러댔다
여름 꽃들 누누이 짓밟혔다
혁명은 혁명을 먹었다
모든 아이들의 공에서 바람이 빠져갔다
‘우리들’도
팽팽한 대기 속에서 바람이 빠졌다
누가 대담하게
‘나는 사랑한다’라고 썼으나
아직
‘우리들은 사랑한다’라고 읽는 습관이 남아 있었다
겨울 눈이 다 녹지 않았다.
봄은 늘 불안하다

지난 세기 말
소비에트가 죽었다

바르샤바 조약 국가들이
하나하나 떨어져 나갔다

그 이래
시인들에게 온통 '나' 뿐이다
'나'로 시작해서
'나'로 하루가 저물었다
'나' 이외에는
아무것도 없다
신(神)도 '나'의 다른 이름이었다

오늘 환태평양
'우리'와 '나'의 유령들을 무한히 파도에 묻는다
누가 태어날 것인가
'우리'도 아닌
'나'도 아닌 누가 태어날 것인가
파도는 파도의 무덤이고 파도의 자궁이다

—『늦은 노래』, 2002

한국은 실로 시의 나라였습니다. 문(文)을 숭상하고 시가(詩歌)를 사랑하는 전통이 강한 나라였습니다.

현대에도 가깝게는 저 1960년대부터 1990년대까지 시는 예술의 전 영역에서 문화와 예술의 본위(本位)에 군림하며 많은 독자들의 사랑을 받았습니다. 수십만 부가 팔리는 시집들도 있었고, 나의 어떤 시집들도 몇만 부가 팔렸으며 내 어떤 소설은 몇십만 부가 읽혔습니다. 1980년대, 90년대에 나는 시를 사랑하는 사람들 속에 파묻혀 있었습니다.

지금 세계 각국의 시들이 그런 것처럼 한국시의 대부분은 사회나 역사 현실보다는 자신의 내면의 골짜기에 처박혀있습니다. 대화가 아닌 독백이나 감각의 몽유병도 동반합니다. 그런데 기교는 아주 뛰어납니다. 1930년대 한국 시인 이상(李箱)은 '절망은 기교를 낳는다'고 노래한 적이 있어요. 하지만 시는 아주 없어질 수 없습니다. 그것은 우주 현상의 율동이기 때문입니다. 현실과 우주는 다 시인의 현장입니다. 심지어 시는 초인간적인 영혼의 관습이기도 합니다.

이와 함께 시는 항구적으로 시대 모순에 항거하는 언어의 생명 운동입니다. 윌리엄 블레이크의 강렬한 화염 방사(放射) 같은 반제국주의의 포효야 말로 시의 불멸을 과시하고 있지요.

5

현실과의 만남

라민 | 선생님께서는 치열하게 정치적 활동을 하셨음에도 불구하고 언제나 글을 쓰셨습니다. 단기 투옥되셨을 때도 계속 시를 쓰셨는지요?

고은 | 나는 지난날 몇 번의 절필을 결심한 적이 있는데, 그것은 현실에서 자포자기적인 저항의 표시이거나 나 자신의 문학적 환멸 때문이었어요. 그러나 그런 실의(失意)가 지나가면 나는 쓰는 자로서 다시 등불 밑에 앉아 있는 나를 발견했습니다.

1970년대, 80년대 길거리에서 살며 치열하게 민주화 운동과 노동운동을 했을 때도 나는 쓰는 일을 멈춘 적이 없습니다. 쓰는 일에 한 번도 게으른 적이 없었어요. 무엇인가가 늘 써달라고 달려와 내 앞을 가로막고 있어서 쓰지 않을 수 없었습니다.

*

노를 젓다가

노를 놓쳐 버렸다

비로소 넓은 물을 돌아다 보았다

*

옷깃 여며라

광주 이천 불구덩이 가마 속

그릇 하나 익어간다

*

눈길 산짐승 발자국 따라가다가

내 발자국 돌아보았다

*

소리 없어라

땅속에 묻힌 송진 호박이 되어 가고

땅 위에서 첫눈 온다

*

내려갈 때 보았네
올라갈 때 못 본
그 꽃

*

죽은 나무에 매달린
천 개의 물방울

비가 괜히 온 게 아니었다

*

급한 물에 떠내려가다가
닿은 곳에서
싹 틔우는 땅버들 씨앗

이렇게 시작해 보거라

*

함박눈이 내립니다
함박눈이 내립니다 모두 무죄입니다

*

걸어가는 사람이 아름답더라
누구와 만나
함께 걸어가는 사람이 제일 아름답더라
솜구름 널린 하늘이더라

—『순간의 꽃』 2001'에서 단시 9편

우리나라에서는 1970, 80년대 단기든 장기든 감옥에서는 죄수에게 백지와 볼펜이 허용되지 않았어요. 그때 나에게 필기도구가 주어졌다면 지금의 내 문학을 훨씬 뛰어넘는 문학이 탄생했을지도 모른다고 나는 믿습니다. 인도의 네루는 감옥에서 『세계사 편력』을 썼지요. 한국의 박정희, 전두환 시대는 감옥의 시인에게 볼펜을 주는 일을 가장 무서워했습니다.

라민 | 선생님께서는 언제나 다산(多産)의 작가이셨습니다. 제가 경탄하는 것은 선생님의 에너지입니다. 글 쓰는 일은 선생님의 일상 생활에서 중요한 부분처럼 보입니다.

고은 | 나는 지금껏 160권 정도의 저서를 출간한 걸로 알고 있습니다. 2002년에 38권으로 나온 전집은 내 키 높이에 이르지요. 이상하게도 나이가 들수록 내 시집은 점점 두꺼워지는 경향이 있습니다. 『만인보』는 4001편의 시가 30권에 담겨 있는데 5,600명의 인명이 등장한다고 인덱스는 밝히고 있습니다. 7권짜리 대하 서사시 『백두산』이 있고,

2014년에 나온 시집 『무제 시편』도 700편 가까운 시가 1,000여 쪽에 담겨 있습니다.

오랜 구상 기간과 집필 기간을 가졌던, 아직 출간되지 않은 『청』은 천계(天界)와 지하 세계와 인간 세계를 오고 가는 대하 서사시로 역시 1,000쪽이 넘습니다.

일반시나 장시, 서사시 만이 아니고 나의 한 시적 특질이며 성취라고 자주 평가 받는 단시는 지금도 중단 없이 나오고 있습니다. 나에게는 늘 시가 오고 있어요. 꿈에 쓴 시를 바로 받아 적어놓기도 하고, 산책할 때 시가 오면 그걸 놓칠까 봐 귀가 후 바로 서재로 올라가 적어놓기도 합니다. 쓰는 일상 아닌 일상은 없습니다. 아내는 이런 나를 매우 기뻐하고 늘 고무합니다.

어젯밤 꿈에 쓴 시

나무 우듬지 끝에
앉은 새 보아라
나무 우듬지 끝에
앉았다 날아가는 새 보아라

그리하여 새 날아간 뒤
제자리 빈 우듬지 보아라
그 뒤 허허망망
흐린 하늘 보아라

—『아직 가지 않은 길』, 1993

라민 | 1977년과 1978년에 네 권의 시집, 『문의마을에 가서』, 『입산』, 『입산 이후』, 『새벽길』을 출간하셨습니다. 선생님께서는 처음의 시들과 달라진 변화를 느끼셨습니까?

고은 | 여러 평론가들은 1977년에 출간한 『문의마을에 가서』까지를 내 시 세계의 전반기라고 분류합니다. 이 시집의 시들은 대체로 1970년대 초반에 썼습니다.

내가 현실참여로 선회(旋回)했음에도 불구하고 나의 시 세계는 아직 내 활동을 곧장 시에 이입(移入)하지 않은 상태였고 '소멸'이나 '체관(諦观)'의 시학에서도 멀리 분리되어 있지 않았습니다. 시집 『입산』에서 보이는 비장감은 아마도 내 이전의 시풍(詩風)과 삶이 전환을 이루는 동안의 그 고뇌와 결의의 주제들을 드러냈을 것입니다.

살생殺生

어버히도 자식도 베허라
이것도 저것도 저것 아닌 것도
또 어떤 것도
어둠 속의 칼날로 베허버려라
다음날 아침

천지(天地)는 죽은 것으로 쌓여서
우리 할 일은 그것들을 하루 내내 묻는 일

거기에 새 세상 세우는 일

—『문의마을에 가서』, 1974

삼사경三四更

천 번 만 번 어두운 밤중
저 혼자 울부짖어서
꽃 한 송이는 핍니다
그 옆에서
붉은 꽃 한 송이도 쇠병어리로 핍니다

—『문의마을에 가서』, 1974

그러다가 『새벽길』에 이르러 내 시와 삶은 하나의 동의어가 되었고, 나는 시인으로서 내 생애 중반기 20년에 걸친 참여 시대의 복판에 들어서게 됩니다. 나 자신의 시와 시인으로서의 의식 자체도 선천성이나 무의식을 억제하고, 이제까지와는 다른 상태인, 심장이 아니라 척추로 솟아오르는 의식과 행동의 신체 언어적 강도(强度)가 커진 상태였습니다.

나는 현실과 상황의식의 고조된 반응 속에 있었고 시는 당연히 그런 것의 반영으로 나타나면서 뜨거운 소리를 냈습니다. 그런 점에서 내 리얼리즘은 빙점(氷點)의 객관이기보다 비등점(沸騰點)의 주관이 강할 때가 자주 있었습니다.

흰 돛

그렇습니다 폭풍을 원하는 자 하나도 없습니다
그러나 저 바다 위 흰 돛이여
그대 온 심신으로 폭풍을 원하고 있습니다
폭풍 속에서만
그대 살 수 있기 때문입니다

오 껌푸른 바다 복판 인내와 갈망의 흰 돛이여
싸움이여

나 그대로부터 눈 뗄 수 없습니다

내 발밑 풀에는
산들바람도 폭풍이거늘

—『조국의 별』, 1984

6

소설의 기술

라민 | 선생님께서 소설가이기도 하다는 걸 많은 사람들이 모르고 있습니다. 실제로 1970년대에는 소설도 많이 쓰셨습니다. 1974년에 『일식(日蝕)』, 『어린 나그네』, 1977년에는 『산산이 부서진 이름』, 1978년에는 『떠도는 사람들: 한산과 습득』이 있습니다. 소설을 쓰시겠다는 이런 갑작스런 욕망은 어디서 나왔을까요?

고은 | 소설을 쓰는 일은 내 주종인 장시와 단시 쓰기 사이에서 진행되는 내 의식의 이완(弛緩)이기도 합니다. 시의 응축에 대한 산문의 만연체나 서술행위의 긴 호흡이 가끔 삶의 매혹이기도 했습니다. 그럴 때 소설로 밖에는 드러낼 수 없는 서사적 내용이나 분량을 장편소설 또는 단편소설로 썼어요.

이 소설 중 영화로 만들어진 것도 몇 개 있습니다. 한 소년의 불교적 순례 여행을 그린 『어린 나그네』(*나중에 완간되면서 출판사가 제목을 『소설 화엄경』으로 바꾸었음)는 영화로도 만들어져 베를린 영화제에서 상을 받기도 했어요.

나는 시와 소설, 평론, 전기(傳記), 단상, 동시, 동화 등 여러 장르에 걸쳐 글을 썼습니다. 희곡을 쓸 기회가 없었던 것이 좀 섭섭하군요. 시와 함께 지금도 평론이나 인문학적 발제 담론을 쉬지 않고 쓰고 있습니다.

하지만 나는 궁극적으로는 시인일 뿐입니다. 죽을 때는 시인으로 죽고 싶습니다.

시

시의 모든 정의여
썩어라

시 2

지나간 시학과 시 이론 3천 년은 모두 쓰레기 더미이다
시의 의미는
음메음메 하며 막 태어나고 있다

시 3

열입곱 살 이래
시는 나의 북극성이었다
시는 나를 걸어가는 자이게 한다

—『개념의 숲』, 2009'에서 시에 대한 3개의 정의

라민 | 선생님께서는 자신이 가장 먼저 그리고 무엇보다도 시인이라고 생각하시는데요, 그렇기 때문에 소설을 시적(詩的)으로 쓰시는지요, 아니면 소설가로 생각하고 쓰시는지요?

고은 | 시가 춤이라면 소설은 춤 이전이나 춤 이후의 동작이라 할 수 있습니다. 현대 프랑스의 시인 폴 발레리도 "시는 무도(舞蹈)이고 산문은 도보(徒步)"라고 말한 적이 있어요.

동양에서는 언어와 음악의 미분화 상태를 말했고, 언어와 무용의 동행 개념을 선사적(先史的)으로 이루어 왔습니다. 동양의 옛 사람은 시와 춤, 노래와 춤을 동시 행위로 정의함으로써 "스스로 노래하고 스스로 춤춘다"라고 했습니다.

소설 속에 시가 있으면 소설 미학을 고양시킨다는 사실에 나는 주목합니다. 『어린 나그네』는 원래 긴 서사시로 쓰려 했다가 소설로 바꾸어 쓴 것이기에 아무래도 서술에 시적 요소가 많을 것입니다. 그 소설 안에는 시도 수십 편 들어 있어요. 그래서인지 평론가들이나 독자들은 나의 소설이 매우 시적이라고 말하기도 합니다.

하지만 소설은 시의 직관이나 내재율의 조직과는 다른 서사 구조의 편성에 더 치중하지 않을 수 없습니다. 그래서 나는 장편이나 중, 단편들을 쓸 때에는 가능한 한 소설의 틀에 충실하고자 했습니다.

최근 나는 문학 장르에서 시를 아예 독립시킴으로써 문학 이상의 새로운 의미를 시에 부여하고 싶다는 생각을 갖고 있습니다. 그렇게 함으로써 가장 오래된 인류 유산인 예술 전반의 메타(meta-)예술로서의 시적 위상을 확립하고 싶고 소설이 지배하고 논픽션이 범람하는 이 시대를 초극하고 싶습니다. 말하자면 시를 오지(奧地)에서 새로운 차원으로 이끌어 내어 시의 광의(廣義)를 강조하고 싶은 것입니다. 5천 년 전 시가 전부였던 것처럼 말입니다. 여기에서는 시와 과학, 시와 철학 사이의 긴밀한 친화(親和)의 가능성도 찾을 수 있을 것입니다.

7

존재의 집

라민 | 선생님과 언어의 관계는 무엇입니까? 선생님께서는 한국어를 조국(祖國)으로 생각하시는지요?

고은 | 언어는 아주 오래전 언어 이전의 행위 과정으로부터 한 마디 한 마디 태어난 세계의 기호입니다. 언어를 통해서 주체와 객체라는 세계 내(內) 관계가 생기게 되고 주체의 대칭인 객체가 가능했습니다. 언어의 전달을 통해 세계가 구성된 것입니다. 기호(記號)가 곧 세계를 성립시키는 것이지요. 언어가 '존재의 집'이라고 말한 한 철학자의 관대한 정의(定義)는 전혀 관대하지 않은 억압구조로 언어를 존재 안에 구속하는 것인지 모릅니다.

고대 인도의 베다어(語) 산스크리트 찬가인 리그 베다에 따르면 우리가 이 세상에서 사용하는 언어는 우주 언어의 4분지 1이라고 읽었던 게 기억납니다. 지난 20년간 나는 우리가 사용하는 이 지상의 언어는, 나 자신의 언어를 포함해, 모두 '우주의 사투리'라고 자주 말해왔습니다. 나는 언어란 우주의 무한 공허에서 울려 나오는 율동의 인간화라고 이해합니다. 시의 근원을 바로 이런 우주 율동에서 찾아내게 되는 것입니다.

한국어가 우랄 알타이어계(系)라고 잠정적으로 합의하고 있지만, 우랄 알타이어계가 고대 수메르어계나 인도 유럽어계의 어느 혈족과도 무관한 고립된 교착어(膠着語)로 남아있는 것이라고는 생각하지 않습니다.

한국어의 근원을 보면 저 스키타이 기마문명(騎馬文明)이 유목 생활을 하며 동방으로 진출할 때 우랄이나 천산(天山)이나 알타이산 기슭의 대산악 대초원 대사막을 지나는 북방 유전(流傳)의 과정 끝에 몽골어와 퉁구스어 등과도 이웃한 극동의 언어로 이어졌고, 수렵 채집 유목의 삶에서 농경 정착의 삶으로 바뀌는 동안 고조선어가 성립된 것입니다.

나는 이제는 역사로서의 조국 말고도 세계의 어떤 지역도 내 삶이 가능한 장소라는 탈국가적인 자유를 여성이 월경을 하듯 만월의 밤마다 누리고 있습니다. 그럴 때 나는 애국주의적 정서를 묻어버리고 비상의 날갯짓으로 세계의 하늘을 오고 가는 제트 기류로 떠돕니다. 아니, 세계 대부분의 공간을 점유하는 바다의 해류 및 조류의 장기 순환에 내 시인으로서의 운명도 편승하고 있다고 믿습니다. 지금 나는 조국을 초월한 대기의 미풍과 태풍, 바다의 파도들을 나의 화음으로 삼고자 합니다. 근대 국가나 조국의 강박을 벗어나고 싶습니다.

저 인류가 생존 이동으로 방랑하던 지평선 수평선이야 말로 내 향수의 공간입니다. 하지만 내가 세계의 하늘을 떠돌든 세계의 바다에 출몰하든 내 언어인 한국어는 불멸의 방언(方言)입니다. 내 현생(現生)의 어머니입니다.

모국어

아메리카 떠돌다 돌아온 나를 두들겨 패는 자
오직 당신이었습니다
어머니
어머니의 말 당신이었습니다

나는 다시 겨울 지난 보리밭 아들입니다

—『네 눈동자』, 1988

라민 | 하이데거는 "언어는 존재의 집이다"라고 말했는데요, 시인은 지상(地上)에서 시적으로 거주하고 있다는 그의 말에 선생님께서는 동의하시는지요?

고은 | 나는 그의 말에 대해 동의하거나 이의하는 걸로 반응하고 싶지 않습니다. 다만 하이데거가 나치 협력으로 소외되었던 말년에 시를 철학의 텍스트로 삼아서 시적 철학 또는 철학적 시학의 세계를 쌓아 올리면서 자기 구원적 전개를 해나간 것은 황홀하게 받아들이고 있습니다. 그가 어떤 고도의 관념으로 일관한 심오한 성찰을 통해서 생애의 완결로서 시와 시인을 선택한 축복은 다른 철학자들에게도 있어야 할 것입니다.

이제 시는 시인들보다 중국 정치지도자나 바슐라르와 데리다가 더 추구하는 소재입니다. 시는 주제 발견을 도모하는 인류 정신의 절구

(節句)가 되었습니다.

나무의 앞

보아라 사람의 뒷모습
신이 있다면
이 세상에서
저것이 신의 모습인가

나무 한 그루에도
저렇게 앞과 뒤 있다
반드시 햇빛 때문이 아니라
반드시 남쪽과 북쪽 때문이 아니라
그 앞모습으로 나무를 만나고
그 뒷모습으로 헤어져
나무 한 그루 그리워하노라면

말 한마디 못하는 나무일지라도
사랑한다는 말 들으면
바람에 잎새 더 흔들어대고
내년의 잎새
더욱 눈부시게 푸르러라
그리하여 이 세상의 여름 다하여

아무도 당해낼 수 없는 단풍
사람과 사람 사이
어떤 절교로도
아무도 끊어버릴 수 없는 단풍
거기 있어라

—『내일의 노래』, 1992

앞으로의 미래 철학은 일종의 시학(詩學)일지 모릅니다. 시와 철학의 특이점이 거기서 나타날 것입니다. 시와 과학, 시와 기술의 전환기적 차원도 얼마든지 실행되는 꿈과 조직의 총화(總和) 말입니다.

이런 경우 문학도 철학도 과학과의 융합 능력의 눈부신 작용과 함께 다시 세상의 사명을 거느릴 것입니다. 당연히 시의 시대가 새로 올 것입니다. 이 세상은 시인의 것만이 아니고 도둑과 악인(惡人)의 거처이기도 합니다. 시인이 시적으로 지상에 거주하느냐 하는 말은 나 이전의 횔덜린이나 릴케에게나 기대할 노릇이겠습니다. 나는 시와 시적인 것을 구별하기를 싫어합니다.

8

국경을 넘어서는 시

라민 | 선생님께서는 자신의 어떤 시들을 애국시라고 말씀하시겠는지요?

고은 | 나는 애국적 배타주의를 아주 싫어합니다. 내가 한국을 예찬하는 일이 행여 다른 나라를 차별하거나 폄하하는 일이 된다면 당장 그런 천박한 예찬은 그만두고 싶습니다. 이런 나에게 이제 애국이나 편향된 민족주의나 몬로주의 따위를 묻지 말기 바랍니다.

내가 1970년대부터 90년대에 이르는 기간 민족통일 또는 민족사관 확립 투쟁에 앞장섰던 것은 그것이 우리나라의 미완(未完)의 역사를 완성의 역사로 만드는 작업에 기여하는 일이었고 통일이 재통일이 아닌 신 통일이 되게 하기 위한 창조행위라고 믿었기 때문입니다. 또 그 당시의 민족의식이란 지나친 외세와 신 식민주의 사회에 대한 저항적 역량을 기르기 위한 하나의 사회 문화·결집이 목적이었습니다.

1970년대 80년대의 내 시편 중 상당한 부분이 애국적 정서를 담고 있습니다. 1970년대 독재에 저항하고 노동자 권리를 옹호하는 투쟁에 나 자신을 헌신하고, 1980년대 초 감옥생활을 하면서 고독하고 깊은 체험을 했던 후라 조국에 대한 사랑이 유난히 강해서 조국의 산천초목을 전부 노래하고 싶었고 조국의 도시 마을 전부를 노래할 계획을 세우기도 했습니다.

그때까지 내가 경험한 외국이 고작 전쟁 중인 베트남이 전부였다는 걸 생각하면 자유로운 세계 체험이 거의 전무한 상태에서 나는 경험적으로 내 나라밖에 몰랐다고 할 수 있어요.

감옥에서 나오고 1980년대에 들어 나온 첫 시집은 제목도 『조국의 별』입니다. 이 책은 나중에 독일어로 번역되어 같은 제목으로 수어캄프에서 출간되기도 했지요.

조국의 별

별 하나 우러러보며 젊자
어둠 속에서
내 자식들의 초롱초롱한 가슴이자
내 가슴으로
한밤중 몇백 광년의 조국이자
아무리 멍든 몸으로 쓰러질지라도
지금 진리에 가장 가까운 건 젊은이다
땅 위의 모든 이들아 젊자
긴 밤 두 눈 두 눈물로
내 조국은

저 별과 나 사이의 가득 찬 기쁨 아니냐
별 우러러보며 젊자
결코 욕될 수 없는
내 조국의 뜨거운 별 하나로
네 자식 내 자식의 그날을 삼자
그렇다 이 아름다움의 끝
항상 끝에서 태어난다 아침이자
내 아침 햇빛 떨리는 조국
오늘 여기 부여안을 일체 결합의 젊음이자

—『조국의 별』, 1984

라민 | 그런데, 당연하지만, 선생님에게는 한국어에 대한 강한 소속감이 있습니다.

고은 | 세계의 어디에 있건 한국어는 나의 유일무이한 언어이고, 한글을 창제한 세종대왕은 나의 남신(男神)이라는 사실에는 변함이 없을 것입니다

아 세종

저 푸른 하늘의 넋으로 쓴다
아침 북악
저녁 남산으로 쓴다
내 조국의 자음과 모음으로
내 목숨을 쓴다

여기 살다
여기 죽으리라

저 해와 달 아래
오늘을 쓴다

비가 온다
눈이 온다
여기 살다 죽으리라

그 누가 잊어버리겠느냐
내 자음인
내 모음인 이름
그 이름
내 뜨거운 염통으로 쓴다

아, 세종

그 불멸의 이름으로 내일을 쓴다

—『내 변방은 어디 갔나』, 2011

그런데 지금 나는 한 나라 이상을 사랑합니다. 내생에 몇 번이고 다시 태어난다면 나는 매번 다른 나라에 전생(轉生)함으로써 나의 많은 생애들로 세계 연방(聯邦)을 이루고 싶습니다.

한 장소가 다른 장소들의 원인과 결과이듯, 시간 역시 오후 1시 이전은 12시이고 1시 이후는 2시이고 3시이지요. 공간에서도 여기 다음은 저기이고 그다음은 어디 어디이지요.

어디에 구속되어 있는 걸 아주 싫어하는 나는 체질적으로는 반국가주의입니다. 선사시대 유목민들의 무국경(無國境)이야말로 나의 해방공간이라고 생각하지요. 유목이 몇백만 년이면 정착은 만년 미만입니다. 이 오랜 유전자가 내 운명의 원소(元素)로 남아 있습니다.

나는 국가를 감옥으로, 하나의 축사(畜舍)로 형상화한 고대 동양 문자를 알고 있습니다. 또한 '인민'의 뜻도 고대에는 지배자에 대한 눈먼 노예를 말합니다. 21세기 이후 나는 내 정신과 시의 절반을 기쁘게 이국(異國)에 허용할 수 있게 되었습니다. 이탈리아의 캄파넬라가 나이기도 하고, 포르투갈의 까몽이스가 나의 분신이기도 하고, 페르시아의 루미가 내 핏줄이기도 하지요. 무엇보다도 고대 중국의 이백이야말로 고아 형제로서의 내 형입니다.

나의 의식이 무의식과 경계가 없는 것처럼 지금 내 의식의 어떤 부분은 세계의식으로 확장되는 걸 나는 느낍니다. 나는 극동지방에서 태어났으니 극서(極西)의 한 곳에서 죽고 싶습니다.

임종

바다야
네 3천 년 앞에 서면

내 몸속 속속들이 내면 일체가
몽땅 사라져 버릴 터

배고프다
배고프다

온통 외부이다

—『내 변방은 어디 갔나』, 2011

지금도 나는 내 무덤이 어디이든 상관하지 않습니다. 나는 한때, 내 무덤이 태평양 파도 속의 어디이면 좋겠다고 노래한 적이 있습니다. 몇 해 전 미국 오바마 정부는 오사마 빈 라덴을 사살한 직후 화장해서 그 뼛가루를 아라비아해에 뿌렸다고 공표했는데 그 사실 여부는 모릅니다. 보르헤스의 무덤은 아르헨티나가 아니라 스위스에 있지요.

9

현존(現存)의 직접성

라민 | 어쩌면 이쯤에서 미국의 철학자 랄프 월도 에머슨이 말한, 시인은 그 나라의 고귀한 이상과 업적뿐만 아니라 그곳의 범죄에 대해서도 쓸 수 있다고 한 말을 되풀이해 볼 수 있겠습니다. 선생님께서는 그 둘을 다 쓰셨다고 생각하는데요.

고은 | 1990년대 초 하버드 초청 강연에서 나는 이 대학 출신인 에머슨의 초절주의(超絶主義) 사상을 환기하면서 미 원주민 사상 또는 인도의 범신론적 세계로의 그의 과감한 전향의 논조에 대해 말했고 또 북미 개신교 사회에서의 그의 대담한 모험과 심지어 불교적이기까지 한 그의 커다란 시야를 예찬한 적이 있습니다. 그의 시론, 그의 세계론은 그 당시로서는 매우 위험한 환경에서 불타오른 것이었어요. 그의 옆에 소로가 있었던 것은 당연한 배열이기도 하다고 생각합니다.

나는 시가 시인의 조국에 대해 갖는 양면적 역할을 조금은 했다고 생각합니다. 어쩌면 나의 시는 시가 기본적으로 갖추고 있는 삶과 문화의 양의성(兩意性) 또는 총합성에 조금은 기여했다고 생각합니다.

내 변방은 어디 갔나

두 번 세 번 부당하구나

삼천리강산이 모조리 서울이 되어 간다
오, 휘황한 이벤트의 나라
너도나도
모조리 모조리
뉴욕이 되어 간다
그놈의 허브(hub)내지 허브 짝퉁이 되어 간다

말하겠다
가장 흉측망측하고 뻔뻔한 중심이라는 것 그것이 되어 간다

서러웠던 것
어디서도 먼 곳
못 떠나는 곳
못 떠나다
못 떠나다
기어이 떠나는 곳
내 마음의 개펄 바닥
해거리 명자꽃이 똑똑히 보이던 곳
10년 전과
10년 후가 같았던 곳

어머니의 흐린 경대
거기 계신
한 번도 본 적 없던
증조할머니도
못 본 고조할아버지도 함께 살던 곳
아버지쯤이 아득한 과거인 날들
꿈에도 없는 곳
무식한 아버지
묵은 밭 어둑어둑 길던 곳
진리가 마음 안에 있던 곳
내가 잠들면 너도 잠드는 곳
죽은 아저씨 살아 돌아오는 곳
소작료 삼칠제로 뼈 빠져버린 곳
눈 뜰 힘 없어 눈 감고 죽는 곳
낮은 콧잔등으로
호된 가난 견디어온 광대뼈로
제사상 앞에 엎드리던 곳
백년대계 따위 소용없는 곳
궂은비 오는 날 끼리끼리이던 곳
누가 죽으면 모두 상주인 곳
김씨도 장씨 숙부이고
갑씨도 을씨 사촌이던 곳
사또 나리 오시지 않는 곳
커다란 달밤

누군가가 그 달밤에
식칼 갈아 허공 포 뜨며 번득이던 곳
의미가 무의미에 고개 숙이는 곳
두고 온 그곳

내 변방은 어디 갔나

—『내 변방은 어디 갔나』, 2011

나의 시편들은 무엇을 노래하건 우리나라와 관련되지 않을 수 없고 그것은 양면을 다 아우르지 않을 수 없었을 것입니다. 가령『만인보』에도 내 조국의 아름다움과 추함에 대해 쓴 시편들이 적지 않습니다. 나는 한국의 오랜 유(儒), 불(佛), 선(仙)의 합(合)으로 된 풍류 사상이나 1천 6백 년 전통의 불교나 5백 년의 국가 이데올로기이던 유교에 나를 예속시키고 싶지 않습니다. 또한 한국의 뒤늦은 근대화에 대한 맹종이 있다면 그것을 찢어버릴 근대 문명 타도라는 원시적 래디칼(radical)도 될 수 있습니다. 하지만 나는 어쩔 수 없이 근대의 사생아(私生兒)일지 모르고 고대의 잔재(殘滓)인지도 모릅니다.

나는 자주 내가 어떤 나인지를 환히 알지 못합니다.

라민 | 선생님은 한국시를 새로운 한국사회의 어느 위치에 놓으시겠습니까?

고은 | 내일의 한국이 한국입니다. 한국은 피동체로서 분단체제가

되어 적과 적으로 대립하는 모순을 지나서 하나의 통합사회가 되어야 합니다.

북한

언제까지
언제까지
너는
나의 현재이냐

오늘 밤도 나는 백 년 지진의 여진(餘震)으로 덜덜덜 떨고 있다

—『부끄러움 가득』, 2006

하나의 고체(固體)가 아니라 여러 개의 지역 공화체제가 서로 어우러지는 일원(一元) 즉 다원(多元)의 한반도가 바로 동아시아 유역의 이기주의적 긴장을 용해시키는 동아시아 공동체의 기본단위가 되기를 나는 갈망하지요. 거기에서 한국의 존재 이유가 새로 열릴 것입니다. 어쩌면 그 미래의 한국 시는 자연과 기술 사이에 걸쳐 있는 꿈꾸는 사회에 기여할 것입니다. 미래 자체가 하나의 시적 시공(時空)입니다. 아직 오지 않은 현재는 가버린 현재들이 피워내는 꽃입니다. 이런 미래에의 희망에 한국시의 지향(指向)이 녹아있기를 바랍니다. 그동안의 한국 시는 능동적이기 보다 시대의 피동체인 경우가 많았습니다.

라민 | 선생님의 시를 한국의 젊은이들이 읽고 읽습니까?

고은 | 여전히 내 시를 찾아 읽는 젊은이들도 있다고 들었습니다. 일부는 절판되기도 했겠지만 대부분의 내 시집은 꾸준히 중판되고 있는 걸로 압니다. 하지만, 당연히 이제 나는 20대 30대에게 전처럼 아주 익숙한 이름이 아닐지 모르며 더욱이 전처럼 열광적으로 받아들여지는 시인이 아닐지 모릅니다. 지금은 반인문(反人文), 실용주의, 인터넷의 소비주의 문화의 시대입니다. 한동안이겠지만 일찍이 미국의 컴퓨터 과학자이며 미래학자인 재런 레이니어가 만들어낸 용어 '디지털 마오이즘' 이 자주 활개 치는 가짜 시대입니다. 그러나 가짜가 범람하는 세상을 탓해서는 안 되겠지요. 각 젊은 세대는 그들만이 감당해야 할 문화체험이 있고 그것을 누릴 권리도 있습니다. 오늘날 젊은이들에게는 그들의 우상(偶像)이 있고 그들의 기호(嗜好)가 있으며 그들이 쉽게 공감하는 시가 있습니다.

문자와 트위터 글에 익숙한 젊은이들이 깊고 오묘한 사유를 요구하는 어려운 내용의 글을 읽기가 쉽지 않다는 걸 인정해야 합니다. 그런데 내가 예상하기로는 2050년쯤이면 문명 역현상(逆現狀)으로 젊은이들은 오래된 시의 표현형식을 갈구할 것입니다. 왜냐하면 인류의 근원 향수는 잊혀질 뿐 사라지지 않는 마음의 핵 물질이기 때문이지요. 최근 미국의 버클리대학에서는 무거운 철학으로의 회귀 현상이 있다고 들었습니다. 문명의 첨단은 그 반동으로서 문명의 추억을 반추하고, 다른 모양이지만 그쪽으로 회귀하기도 합니다. 세계는 작용과 반작용의 중력 모순으로 구성됩니다. 침묵과 언어처럼 말이지요.

라민 | 시의 진실은 어디에 거주하고 있을까요? 현존의 직접성일까요, 영원의 기억일까요?

고은 | '현존의 직접성'과 '영원의 기억'의 매혹은 둘 다 시에서는 잃어버릴 수 없는 요소들입니다. 하나는 철학이고 하나는 종교이지요. 그런데 여기서 말하는 '철학'과 '종교'는 앞으로 새로운 의미를 가진 하나의 가치를 창출해야 할 것입니다. 시가 철학에 종속되지 않고 시가 종교의 도구로 갇히지 않는 상태라면 시에 대한 철학의 의미도 새로워질 것입니다. 또한 종교는 시와 조화되는 요소로도 변주될 것입니다. J. M. 머리는 시를 신(神)보다 위에 놓지 않았던가요? 그럴 때 시는 그 둘에 동시에 육화(肉化)될 것입니다.

흰 나비

보아라
저 어리석은 바다 위를
지혜 귀신
한 마리 흰나비가 날고 있다

이 세상의 모든 책들 닫혀 있다

—『부끄러움 가득』, 2006

제 3 부

자아 초월의 시인

1

환멸

라민 | "오늘 쓴 시가 어제 쓴 시보다 나를 더 행복하게 만든다"라고 선생님께서 어디선가 말씀하신 걸 읽은 적이 있습니다. 불교 승려로써 시를 쓰는 것은 어떠할까요? 어떻게 승려 시인일 수 있을까요?

고은 | 승려 시절 나의 시 행위는 역대 선승(禪僧)들이 극도로 문자 행위를 자제하고 수행 정진 한 끝에, 마치 기침 소리 같은 압축된 단시(短詩) 한두 편 또는 아주 핵심적인 직관의 발로(發露) 같은 서간(書簡) 또는 단상록을 남겨온 것의 뒤따름에 다름 아니었습니다. 그 시절 나는 시인이기보다는 선승(禪僧)이고 싶었습니다. 1958년 시단에 등단할 때의 소감에서도 나는 게송(偈頌) 몇 개, 편지 몇 개를 남기는 것이 마치 쌓인 눈 위에 새 발자국이 찍힌 것과 같은 그런 황홀함이 내 자취이기를 염원한다고 말했습니다. 그러다가 점점 승려로부터 시인으로 되어가는 나의 정신의 이동 현상을 자각한 일은 훨씬 나중에 확인되었습니다.

메아리

저문 산더러
너는 뭐냐

너 뭐냐 뭐냐 뭐냐….

저 건너

어찌 살꼬
너 없이

친구

여보게 자네가 파놓은 흙으로
내가 부처를 만들었네
비가 와
그 부처 다시 흙으로 돌아갔다네

부질없기는 비 온 뒤 개인 하늘이라니

주정뱅이

나는 단 한 번도 개체가 아니었다
세포 60조!
나는 전체로 살고 있다
갈지자 지랄하네
술 취한 세포 60조!

옷

아사가 왕이 옷 한 벌 가지고 왔다
문수보살이 숨었다
할 수 없는 일
아사가 왕이 돌아가
그 옷을 입었다
그랬더니 깨달았다 강江이 강임을

소나기

몇억만 부처 쏟아진다

저 개울물 바쁘다

부처 송장에

덤으로

다른 송장들 떠내려간다

시원타

북극성

네가 없어져야

북쪽이 없어진다

남쪽이 없어진다

동과 서 없어진다

아니다

달

활 쏘아
핑
화살 박힌 데 네 눈

내 암흑의 아픔으로 눈떴다

물결

보아라 한 물결이 움직여
만 물결이 움직이는가
아니로다
한꺼번에 만 물결이 움직일 따름

벌써 하나로부터 크게 어긋났구나

—『뭐냐』, 1991'에서 선시 9편

승려 신분으로 시인이 되고 2년쯤 후 나는 갑작스러운 기로(岐路)에 서게 되었습니다. 1960년 4월 혁명 무렵 나는 한국의 휴전선 바로 아래 강화도에 있는 절 전등사의 주지로 있었는데, 어느 날 나는 마니산 정상에 올라가 철야하며 종교와 예술 가운데서 하나를 택하게 되었습니다. 나의 선택은 문학의 길이었고, 그것은 나의 환속으로 이어졌습니다. 그 이래 나에게는 시밖에 없었습니다. 오늘 쓴 시가 나를 가장 행복하게 하는 것은 내가 늘 다른 내가 되는 그 '삶의 처음'을 향유(享有)하기 때문일 것입니다. 어제의 시는 이미 기억이 되고 과거의 범주에 속합니다. 아니, 다른 세계가 됩니다. 나는 과거 현재 미래라는 시간의 세 구분 단위를 헛되다고 여깁니다. 과거는 이미 가버려서 없고 현재는 바로 과거에 속해버립니다. 미래는 오지 않은 무(無)이지요. 고대 불교나 고대 말 아우구스티누스의 고백에 나오는 것과도 일치하는 내 무시간론(無時間論)이기도 합니다. 우리의 삶은 이런 허망의 하상(河床)에 의존하고 있는 것입니다.

나는 어느 시든 그 시가 나올 때의 '처음,' 그 '태초의 찰나'를 의식합니다. 무(無)에서든 아니든, 어떤 모호한 예감에서든, 아니 에드가 앨런 포의 주장대로 정밀한 조직에 의한 언어 구성에서든, 나는 시가 나오는 그 찰나가 바로 우주의 원초임을 자각합니다. 그때의 시야말로 그래서 '첫 시'이며, 시인은 언어의 빅뱅 속에서 어떤 언어 하나의 뜨거운 빛의 알갱이를 끌어내는 것입니다.

라싸에서

해발 사천 미터 턱밑입니다
티베트 라싸
창포강 물살이 사납게 달립니다
모자 벗어 던지면
이내 보이지 않습니다
돌아서서
숨결을 반 숨쯤으로 아낍니다

그 라싸 구시가 팔각(八角)거리
한 바퀴 느린 물레로 돕니다
웬 거지들이 흥겹게 모여드는지
그 가운데 늙은 거지

다 쭈그러져
누린 이빨 두어 개 남은 것으로
이이이이 하고 웃어 보이다가
딱 한마디

한 푼 줍쇼
따위가 아니라
어렵쇼
어렵쇼

그런 시시껄렁한 구걸이 아니라
어렵쇼
어렵쇼
당신께서 가장 높으십니다

이 한마디였습니다
거두절미하고
놀랐습니다 깜짝 놀랐습니다
내 어설픈 뜨내기 넋이
거기서 꽉 막혀
놀라 깨어나 버렸습니다

어제도 오늘도 또 내일도
이런 구걸 인사는 없겠습니다
이승의 어드메서도 이런 구걸은
애당초 없겠습니다

내가 온 곳
내가 갈 곳
저 사천 미터 아래의 우레 벼락 세상에서
누가 나더러
당신께서 가장 높으시다고
맨손으로 치켜세우겠습니까

여기에 이르니
턱도 없는 이 존대를 받고 황은 망극하여
어찌 한 푼의 적선으로 답하겠습니까
그래서
모택동 초상이 박힌 지폐 한 장을
얼른 드리고 그곳을 떠나버렸습니다

생각컨대 나 또한
거지 중의 상거지임에 틀림없습니다
시의 한 구절을
시의 한 구절과 한 구절 사이의
빈 데를
그제도
그 이튿날에도 얻어보려고
안 나오는 젖 빨아대며
이 꼭지 저 꼭지 배고픈 아기 주둥이로 파고들기를
마다하지 않았습니다

그러므로 이승의 어느 기슭
저승의 어느 기슭
아니
밑도 끝도 모르는 우주 무궁의
어느 가녘에 대고
한마디 말씀이여

한마디 말씀과 말씀 사이 지언至言이시여
애면글면 구걸해오기를
어언 오십 년에 이르렀습니다

한마디 말씀의 귀신들이여
당신께서 가장 높으십니다
이제 나도 이런 구걸의 경지
함부로 터득하고 싶습니다
다만 내 항복은 도둑이 아니라는 것
내 불행은 언제까지나
거지라는 것, 이것뿐입니다

당신께서 가장 높으십니다

—『허공』, 2008

그런데 이런 설명보다는 차라리 시란 절로 흥이 나서 절로 노래한다는 동양의 태연자약한 고백을 나는 더 좋아합니다. 방금 쓴 시가 나를 가장 신명 나게 합니다. 사실 10대 후반의 시 행각은 시가 무엇인지도 모르는 가운데 몸의 충동으로 시가 나를 사로잡았습니다. 지금도 그런 순간이 많은 것을 고백합니다.

라민 | 선생님께서는 자신의 시를 비판하거나 아예 없애버린 적이 있으셨는지요?

고은 | 1960년대 초에 내 미발표 시 원고와 첫 시집과 첫 장편소설을 비롯해 소유했던 책들을 몽땅 불태운 적이 있습니다. 한국의 살벌한 반공법, 국가보안법 체제에서 아주 극비리에 숄로호프의 『고요한 돈 강』을 읽고 난 후의 절망감에서 벌어진 일이었어요. 내 문학은 문학이 아니라는 자기 부정이 과장되면서 막다른 벼랑 끝에 섰다고 느껴져 밤에 내 원고와 책을 쌓아놓고 불을 지른 것이지요. 이 때문에 방화범으로 신고되어 경찰서에 연행되었다가 훈방되기도 했습니다. 그런 뒤 나는 몇 차례 절필을 결심한 적이 있는데 그런 것도 역시 내 시에 대한 환멸 증상 때문이었습니다. 내 에세이집 중 하나의 제목이 『환멸을 위하여』 입니다. 이런 거듭된 자기혐오가 도리어 자신의 세계를 지속시키는 역설적인 인내심과 시적 충동을 자극해 왔는지도 모릅니다.

내 시인으로서의 삶은 시를 밀어내면서 시를 더 껴안아야 하는 삶이었습니다. 나는 터무니 없게도 원인보다 결과로 시를 지속해 왔는지 모릅니다.

자화상

내가 부른 노래
내가 부르지 못한 노래들이
우르르
불 켜들고 내달려오는
나일 줄이야

이 찬란한 후회가 나일 줄이야

—『어느 기념비』, 1997

2
아바타

라민 | 이 세상의 많은 사람들이 우울하거나 사랑에 빠졌을 때 시를 씁니다. 그러나 저는 선생님과 시의 관계는 다르다고 생각합니다. 제가 볼 때 선생님께 시는 어떤 영원의 요소인 듯 합니다. 심지어 선생님께서는 자신의 죽음조차 한 편의 시가 될 거라고 말씀하십니다.

고은 | 대체로 세계의 모든 사랑 시는 사랑을 잃고 난 후에 쓴 시입니다. 현실적인 사랑의 실패와 상실이 시를 통해 그 사랑을 기념하고 또는 애도하며 사랑을 완성하게 하는 것이지요. 이런 일은 많은 시인의 자서전이나 전기에서 자주 밝혀지고 있어요. 단테가 노래한 베아트리체는 타인의 아내가 되었지요. 그런 대상이 『신곡』에서는 궁극의 구원의 천사가 되어 천국으로 가는 단테 자신이기도 한 주인공의 영광을 보장하는 신성불가침의 존재로 승화되고 있는 것이지요.

지적하셨듯이 나는 내 시가 '영원의 요소'로서 생명의 무한하고 무의식적인 순환 속에 있다고 생각합니다. 시에 관한 한 나는 시로서 다른 세상을 꿈꿉니다. 이번 단 하나의 생(生)의 계곡으로는 허망하기도 하고 심심하기도 하여 나는 자주 전생(前生)과 내생(來生)의 풍부한 골짜기에 기울어져 그것을 노래하고 있습니다.

내생來生

서운산 숲속에 들어왔다. 비로소 내 집이다.
긴 숨을 내쉬었다.
그늘이 그늘 위에 쌓여 있다.
가지고 온
몇 줄기 취한 불빛을 놓아주었다. 밤이 왔다.

어느 나라에서나 자유는 늘 끝에 있었다.

백 년의 허접쓰레기들도
하나둘 놓아주었다.
아침에는
빈 거미줄에 이슬들이 대롱거렸다.

세상에서 과거가 너무 많았고 미래가 줄어들었다.
숲 밖의 바람 일부분이
숲속으로 머리 숙여 들어왔다.
떡갈나무 잎새들이 돌아온 새로 지저귄다.
돌이켜보면

오래전부터 나는 문맹자의 자손이었다.

어쩌다가

어쩌다가

벗어날 수 없는 교착어(膠着語)의 문자에 갇혀버렸다.

내생에는 땅속 깊숙이

숨찬 돌멩이 하나이리라

말 없는 홀어미의 해골과

몇몇 고아의 가마니 덮인 묵언의 새 송장 아래에서.

—『두고 온 시』, 2002

전생과 내생은 그것을 꿈꾸는 자의 마음속에는 리얼리즘으로 살아 있습니다. 오늘은 어제의 직계(直系)이고 내일의 직계입니다. 인간의 시간 측정에서 오후 1시가 오전 12시와 오후 2시 사이의 그것이라면 현생의 고아(孤兒)는 전생의 적자(嫡子)이고 내생의 부모가 아닐 수 없습니다.

하지만 이 세상의 한 생애를 유일의 생애로 압축할 때 더 삶과 예술의 절실성이 우러날 것이라고 생각하기도 합니다. 단 한 번의 생이야말로 무수한 생의 축도(縮圖)이기 때문입니다. 죽음을 무릅쓴 단 한 번처럼 막강한 힘은 없을 것입니다.

그 속삭임

비가 오다
책상 앞에 앉다
책상이 가만히 말하다
나는 일찍이 꽃이었고 잎이었다 줄기였다
나는 사막 저쪽 오아시스까지 뻗어간
땅속의 긴 뿌리였다

책상 위의 쇠토막이 말하다
나는 달밤에 혼자 울부짖는 늑대의 목젖이었다

비가 그치다
밖으로 나가다
흠뻑 젖은 풀이 나에게 말하다
나는 일찍이 너희들의 희로애락이었다
너희들의 삶이었고 노래였다
너희들의 꿈속이었다

이제 내가 말하다
책상에게
쇠에게
흙에게
나는 일찍이 너였다 너였다 너였다

지금 나는 너이고 너이다

—『허공』, 2008

라민 | 선생님께서는 환생(還生)을 믿으시는지요? 선생님께서는 이전의 어떤 한국 시인의 아바타(化身)일 수 있을까요?

고은 | 고대 인도나 현대 인도가 똑같은 것은 기원전 4세기의 수레가 오늘의 북인도 비하루(州) 두메 농촌의 풍경으로 그대로 이어지고 있기 때문입니다. 그곳에서는 사람들의 이름 역시 수천 년 전의 이름이 오늘날에도 불리워지고 있습니다. 내가 한 국제 시 축제에서 만난 인도 시인의 이름이 수자타였는데 그 이름은 부처님 시절의 한 여인의 이름이기도 해서 감동받은 적이 있습니다.

아시아에는 환생(還生)에의 욕망이 그 사회의 심층에 잠겨 있습니다. 시베리아와 동아시아 샤머니즘도 그런 환생의 평면도를 내비치고 있지요. 그러나 나는 환생이 있건 환생이 없건 사후의 뼛가루로라도 오로지 시와 닿아 있기를 간절히 바랍니다.

어느 전기

있을 수도 있고 없을 수도 있는
한 삶의 나비로 태어났다
빛 앞에서

아주 작은 눈이 떴다
어둠 속에서
아주 얇은 날개가 돋았다
바다를 모르는
폭풍을 모르는
한 마리의 나비는
언제나 망한 나라의 잎새에 내려앉았다
이쪽에서
저쪽으로 날아갔다

불멸이 얼마나 허황한가를
처음부터 알고 있는 듯
오직 위대한 것은 낙조뿐인 들녘에서
낮은 식민지
밤은 나의 조국이었다
그런 밤에 금지된 모국어가
아무도 몰래 잠든 몸속에서 두런거렸다

해방이 왔다
모국어가 찬란했다

전쟁이 왔다
폐허에서
폐허의 주검 사이에서

피묻은 모국어가 살아남았다
그 모국어로 노래했다
나의 노래는 애도이고
나의 노래는 누구의 환생이었다
또한 나의 노래는
불멸이 아니라
소멸의 노래였다

독재와 총 앞에 섰다
나의 주술이
몇 번인가 갇혔다
모순은
모순의 서사와
모순 거절의 서정을 낳았다

아직도 지난날의 어린 나비는
지상의 한 장소에서
다른 장소의 진실들을 꿈꾼다
삶은 미완의 내면으로 떠돈다

남은 꿈 하나
먼 내일의 땅속 나비화석은
노래화석이기를

—『무제 시편』, 2013

나는 죽음이야말로 한 편의 완벽한 시라고 여깁니다. 여러 생의 군더더기를 다 내버리고 무(無)로 귀환하는 그 침묵이 어째서 찬란한 수사와 여러 은유의 진행 끝에 이르는 완결이 아닐 수 있겠습니까? 그러나 '나'라는 것은 살아 있을 때도 끊임없이 내 안에서 삶과 죽음이 물질의 이합집산으로 되풀이되고 있습니다. 또 나 이전에 나를 구성한 것들의 이합집산이 부모를 통해 나로 되었다가 죽음으로 또 물질의 이합집산 이전으로 흩어져 다른 나로 되거나 되지 않거나 할 것이지요. 그러므로 무(無)라는 것도 무가 아닌 그 무엇일 것입니다.

바로 이런 무시무시한 사실을 통해서 우주의 극대(極大)와 기본입자의 물리학과 시학(詩學)이 하나가 되는 경이를 이루는 것입니다.

3

비장(悲壯)과 격정

라민 | 이전의 한국 시인들에 대해서 말할 경우 선생님께서는 어떻게 자신의 시를 50년 전의 한국 현대 시인들, 가령 신동엽이나 구상 같은 시인들의 작품과 구별 지으시겠습니까?

고은 | 나는 내 선배나 동료의 시를 내 시와 구별 짓거나 대조하는 대상으로 삼은 적이 없습니다. 내가 지나치게 겸허하거나 반대로 지나치게 오만해서 그런 것은 아닙니다. 나는 체질적으로 비교문학의 개념에 무관심합니다.

한 충고

시들이
그 이상의 시를 막는다
시들이

그 이후의 시를 막는다

시야 시야 파랑시야

시의 연혁
시의 패션
시의 권위 백 년 가까스로 벗어나

그대의 시 벌벌 떨며 막 태어나 혼자이거라

—『허공』, 2008

나는 또 시사(詩史)의 틀 안에 안주하고 싶지 않습니다. 호박과 배추 그리고 수박은 각각의 완성품이지요. 시인의 얼굴을 잘 알면 알수록 보통 그 시인의 시에서 더 멀어집니다. 그래서 나는 죽은 시인, 과거의 시인의 유작과 먼 곳의 시인을 통해서 시와 시인을 만나는 배가 된 기쁨을 누립니다. 그것은 문학의 공간적 특권이지요.

죽은 시인들과의 시간

우리는 우주의 한 지방에 있다.
어느 때는 무지막지한 황야였고
어느 때는 자궁인 곳
지금 우리는
하나하나의 살아있는 시인만이 아니다
이곳에서 우리는 살아있는 시인과
다른 무엇으로 된
낯선 오지이다

어떤 소리도 소멸의 경계를 넘지 않는다
어느 때는 몸이 무겁고
어느 때는 몸이 마음보다 가볍다
죽은 시인들의 영혼이
우리 각자의 몸속에 들어와
지친 날개를 접고 깃들었다 무겁다
나는 나 이상이다
너는 너 이상이다
우리는 우주의 방언으로 노래하고
죽은 시인의 새로운 모국어로 노래한다
시작은 혼자였으나
다음은 함께였다 짐이 가볍다

거대한 파도 기둥이 치솟으며 소용돌이치다가
다음날 아침 가라앉을 때
그동안 숨어버렸던 갈매기가
공포 끝에 나타나
더 이상 벌벌 떨지 않고
가장 세련된 원(圓)을 그리며 날아오를 때
그는 죽었다
누군가가 그를 시인이라고 수근거렸다

하루가 느리게 진화되는 내장처럼 길었고
또 하루가 막 태어난 갈매기 새끼의 날개처럼 짧다
죽은 시인의 남은 생애가
우리 각자의 난생설화의 생애 가운데 자리잡았기 때문이다

고도 5천 미터 평원 위 상공(上空)이다.
바짝 마른 티벳 갈매기가 날고 있다
아주아주 옛날
한 대륙이 달려와 부딪쳤을 때
그때까지 찬란한 바다였던 그 일대가
히말라야가 되어 버렸다
갈매기는 바다를 잃어버렸다
마구 소리쳤다
갈매기 2세 12세 혹은 1302세…
다음이 있다

다음이 있다
소리들은 마침내 노래가 되고 시가 되었다

그리하여 우리는
하나하나의 살아있는 시인이었다
또한 하나하나의 살아있는 시인만이 아니라
이 세상과 이 세상 이후에도 하나가 아닌
셋이고 일곱이고 열하나이지 않으면 안 된다
우리가 오고
우리가 가는 시간의 관능이 우리이다
지금 누구를 위한 추도는
누군가가
우리 하나하나를 추도할 때와 함께이다
우리가 이곳에서 만나는 일은
이곳 이외의 여러 곳에
수많은 이별과 죽음의 풍경을 남기는 일이다

여기다!
우리들의 오지에 호수가 있다 수상하다
눈 감기 전과
눈 감은 뒤의 수면(水面)에
하양 수련 꽃 떠 있다
누구를 위한 만가(輓歌)를 써보지 않은 시인은 불행하다
우리는 그런 불행을 지고

이따금 새로운 만가를 써야 한다
그것은 연가(戀歌)의 다른 이름이다 꽃이다
아 슬픔이 필요하다
호수는 그 자신의 태곳적 바다를 기억한다

—『두고 온 시』, 2002

시는 시인과 분리될 수 없으며 시인의 삶의 궤적을 통해 독자는 시의 더 많은 걸 읽으며 이해하게 된다고 하는 주장의 한쪽에는 아예 시로부터 시인을 배제해야 한다는 시론도 있습니다. 시인이 아니라 시 독자로부터 나오는 시론도 있습니다. 이것은 독자의 차원입니다. 어떤 경우든 시는 과거나 오지 않은 미래로부터 오는 새로움을 통해서 한층 더 시의 세계를 펼치게 됩니다. 그러므로 나의 시에서 나라는 시인을 지우면 더 그 시와 친밀해질 지도 모릅니다.

라민 | 선생님의 어떤 시를 읽으면 위기의 상황에 처했을 때 나타나는 즉각적인 영웅적 저항의 맥락이 암시된다는 느낌을 갖게 됩니다.

고은 | 실지로 1970년대 초반에서 90년대 초에 이르는 동안 나의 시 세계의 일부는 자주 비장한 어조를 담고 있습니다. 명령 정서가 강조된 적도 한두 번이 아니에요. 번개와 우레가 덮치는 듯한 격정에 자주 사로잡혔습니다.

시 밖의 일상생활에서도 그런 일이 종종 있었는데, 가령 한 지도적인 저항 반체제 언론인과 술타령을 하는 동안 취기에서 당신하고 나하고 분신이든 할복이든 민주주의를 위해서 자결하자고 제안했다가 그와 심하게 다툰 적이 있습니다. 제2차 대전 말기 일본의 1인용 전투기가 미 해군 전함에 달려가 폭사하는 '카미카제'에 빗대어 그는 나를 '카미카제'라고 놀린 적도 있어요.

이런 무모한 긴장이 시에 반영될 때 내 시는 무척 선동적이기까지 했습니다. 또 사회 분위기도 거기에 뜨겁게 반응한 걸로 보아 그 시대에는 일정 부분 그런 시가 필요했던 듯도 합니다. 그 당시 중소분쟁(中蘇紛爭)의 문학이론 대결에서 소련의 사회주의 리얼리즘에 대한 대항 논리로 나온 중국 공산당 문예이론이 '혁명적 로맨티시즘'을 내세웠는데, 이 '혁명적 로맨티시즘'이 어쩌면 나의 취향에 한동안 혈연화되었을 것입니다.

나는 친구들의 리얼리즘 조차도 그것은 정물화이며 움직이는 문학은 적극적인 로맨티시즘에 있다고 주장하면서 은연중 나만의 문학적 신념을 프락시스(praxis, 실천)에 두고 있었습니다. 그 때문에 최초의 우리 작가 운동의 가치 목표이던 '자유' 대신 '실천'을 내세워 내가 창간한 저항 무크지를『실천문학』이라고 이름 지었습니다. 그 계간지는 지금도 출간되며《실천문학사》라는 이름의 출판사로 발전해서 지금도 후배들에 의해 경영되고 있지요.

아직 가지 않은 길

이제 다 왔다고 말하지 말자

천리만리였건만
그동안 걸어 온 길보다
더 멀리
가야 할 길이 있다
행여 날 저물어
하룻밤 잠든 짐승으로 새우고 나면
더 멀리 가야 할 길이 있다
그동안의 친구였던 외로움일지라도
어찌 그것이 외로움뿐이었으랴
그것이야말로 세상이었고
아직 가지 않은 길
그것이야말로
어느 누구도 모르는 세상이리라
바람이 분다

–『두고 온 시』, 2002

이 혁명적 로맨티시즘은 나의 명명(命名)으로는 '역사 낭만주의'였는데 여기서 '역사'의 의미는 통사(通史)의 개념이 아니라 현대사의 전위의식(前衛意識)에 두고 있었습니다.

하지만 이런 현실 참여적 시 말고도 나는 현실초월의 우주나 내 내면의 섬세한 미생물적인 작용에서 찾아내는 서정적인 본질의 음향에도 결코 소홀하지 않았습니다.

또한 불교사상의 자유로운 육화(肉化)도 내 시의 무의식에 하나의 관습법으로 자리 잡고 있었습니다. 체질적으로 예술에서 나는 하나의 길만 갈 수가 없습니다. 문학에서 외길의 단수(單數)는 나의 세계가 아닙니다. 나는 아직도 삼거리, 오거리에서의 방황의 유혹을 더 좋아합니다.

삼거리 주막

깨치다니
깨치면 기쁨
어디에 슬픔 있겠나

삼거리 주막
술 석 잔 먹고 내다보니
비 오는 길 가로대

—『뭐냐』, 1991

일부 평론가들은 나의 문학적 생산의 범주와 양을 보며 나를 '고은들'이라고 복수로 지칭했는데, 어쩌면 이런 사실과도 무관하지 않을 거에요.

4

시와 역사의 기억

라민 | 선생님의 시 '화살'을 읽는 사람은 즉각 한국의 기나긴 고통의 역사를 알게 될까요?

고은 | '화살'은 1970년대 중반 자주 격류와 격정의 삶을 살던 때, 한밤중에 술 취한 상태의 비장감 속에서 느닷없이 나온 즉흥시에요. 이 시는 오랫동안 대학가에서 또 여러 시위 행렬에서 낭송되거나 노래로 불려졌고 술자리에서도 자주 낭송된 시입니다. 자기 투신과 희생만이 역사에 기여한다는 청년적인 격렬한 메시지를 담고 있습니다.

당시의 반독재 운동의 정서 때문에 많은 호응이 있었고 내 1970년대 시의 어떤 상징적 시로 자주 거론되고 있습니다.

화살

우리 모두 화살이 되어

온몸으로 가자
허공 뚫고
온몸으로 가자
가서는 돌아오지 말자
박혀서
박힌 아픔과 함께 썩어서 돌아오지 말자

우리 모두 숨 끊고 활시위를 떠나자
몇십 년 동안 가진 것
몇십 년 동안 누린 것
몇십 년 동안 쌓은 것
행복이라던가
뭐이라던가
그런 것 다 넝마로 버리고
화살이 되어 온몸으로 가자

허공이 소리친다
허공 뚫고
온몸으로 가자
저 캄캄한 대낮 과녁이 달려온다
이윽고 과녁이 피 뿜으며 쓰러질 때
단 한 번
우리 모두 화살로 피를 흘리자

돌아오지 말자

돌아오지 말자

오 화살 정의의 병사여 영령이여

—『새벽길』, 1978

그러나 나는 어떤 시가 내 대표작이 되는 것을 거부합니다. 대표작이라는 것은 사무적인 요식(要式) 행위입니다. 어떤 시는 대표작이고 어떤 시는 대표작이 아니라는 이런 규정적 구분이야말로 문학의 위험한 도식화(図式化)를 불러올 수 있습니다.

라민 | 선생님께서는 한국 역사의 맥락에서 자신이 하나의 '화살'이었다고 생각하시는지요?

고은 | 나를 그렇게 기억하는 사람들도 적지 않을 것입니다. 지금은 상상도 할 수 없는 당시의 엄혹한 군부독재 시절 가장 앞장에 서 있었고 그래서 많은 고통을 받았으나 그 어떤 회유와 고통에 단 한 번도 내 의지를 꺾은 일이 없습니다. 그런 사실을 당시 많은 국민과 동료와 후배들이 자랑스러워 했던 듯 합니다. 당시 나의 두려움을 모르는 거침없는 일거수일투족을 숨 죽이며 지켜보았고 따라오려고 했던 젊은이들의 회고를 통해 그런 걸 감지합니다.

'화살'은 어쩌면 나 자신에의 독전(督戰)적인 시였을지 모릅니다. 박정희 군사정권 후기에 나는 회유책으로 장관 자리를 제안받거나 빠리

유학 5년이나 일본 장기 유학을 권고받기도 했습니다. 물론 민주화된 후에도 정부로부터 당의 부총재나 비례대표 국회의원 등의 요직 요처의 제안이 있었습니다. 그때마다 나는 그런 자리는 나에게 부합하지 않다고 여겨 단호히 불응했어요.

나는 시인 말고는 존재 이유가 없습니다.

라민 | 선생님께서는 시인들은 역사의 죄수이기도 하다고 생각하시는지요? 시인은 어떻게 자신의 시로 역사를 초월할 수 있을까요?

고은 | 나는 한국의 역사 속에 갇힌 새장의 새가 되기는 싫습니다. 역사든 현실이든 나는 그것이 내 운명의 자유자재를 묶어버리는 수갑이 되는 것을 언제나 거부하며 경계합니다. 나는 과녁을 맞히는 화살뿐만 아니라 수없이 빗나간 실패의 화살에 대한 위로도 내 문학적 의무로 삼고 있습니다.

1980년대 〈뉴욕타임스〉와 인터뷰 하면서 나는 '시는 역사의 음악'이라고 강조한 적이 있습니다. 그 당시 내 시의 주제는 온통 사회현실과 역사의 전환에 대한 것이었습니다. 그러나 1990년대 초 우리나라가 군부정권을 끝내고 불완전하게나마 민주화를 이루게 된 이후 나는 역사 논리에서 벗어나 인간의 내면과 우주의 세계에서 유영(游泳)하며 노닐기 시작했습니다.

궁지

오늘 나에게는 절도 없다 사당도 없다

나는 아무것도 믿지 않는다
필사적으로
밤거리 네온사인에 넘어가지 않는다

조상의 화살촉들이 아직껏 부르르 떤다

—『부끄러움 가득』, 2006

여생

감히 고백하건대
저는 안이 아닙니다
밖입니다
저는 이 나라의 고아가 아닙니다
무한 밖의 미아입니다

그렇습니다
그렇습니다

무한

이 무한가능 하염없는 백지 없이는
저의 여생 하루도 한나절도 숨막혀 살 수 없습니다
탐욕이 아닙니다
허욕이 아닙니다
절절히 현실 뒤
120권 아스라이 백 척 낭떠러지입니다

—『허공』, 2008

사실 내가 또 어떤 다른 시 세계로 갈지는 나도 모릅니다. 어떤 때는 서사나 묘사 혹은 은유의 진행이 길 위를 가는 대신 갑작스러운 의외의 벼랑을 만나 더는 나아갈 수 없는 단절로 끝나기도 합니다.

요컨대 삶과 함께 죽음도 내 시의 주제입니다. 그러나 주제가 소재를 지나치게 좌우하는 일은 문학에서 늘 경계해야 하지요. 한 시기의 명제는 그 시기를 지나면 하나의 화석이 될 때가 있습니다. 한 생애에서 우리는 몇 번의 집중된 의미의 결정(结晶)과 만납니다. 땅 위에 떨어진 송진은 땅속에서 호박(琥珀)이 됩니다. 조개 속에서는 진주도 만들어집니다.

삶에는 계기가 있어 다음이 도래하는 것입니다.

라민 | 선생님께서는 자신의 시가 한국인이 고통스런 역사를 극복하는데 도움이 되었다고 생각하시는지요?

고은 | 내가 공적(公的)으로 살던 그 시절은 나에게는 지울 수 없는 기억이 되었고 이제는 지울 수 없는 역사의 기록이 되었습니다. 나의 시가 한국 역사 현대사 부분에서 종종 인용되는 것을 나는 황송하게 생각합니다. 근본적으로 나는 많은 시인 중의 한 시인이고, 나의 시는 일정한 공적 영역과 사적인 영역을 갖습니다.

내 시를 너무 공적인 의의(意義)로만 장식하면 그것은 허황한 응전(應戰)입니다. 그러므로 니체처럼 실컷 오만하다가 여기에 이르러 겸허해지고 싶습니다. 나는 가끔 익명으로 역사의 허공을 배회하고 싶기도 합니다. 비등(沸騰)과 증발이 다 내 것입니다.

어느 기념비

불멸이란 얼마나 슬픈 것인가
이 세상은 부서지는 세상인 것을
그들은 그를 잊지 말자고
영영 잊지 말자고 비를 세웠다
그들은 그의 이름을
그 비에 새겨 세웠다

바람만이 바람의 영광인가
눈보라로 울부짖으며
끄떡없이 서 있는
그 비에 몇 개의 귀를 달아주었다

하지만 그의 이름이
행여 진실보다 더 빛나서는 안 된다
기러기의 한밤중 별빛 아래
그의 이름을 읽을 수 없는 것이
얼마나 다행인가

어느덧 모여들었던
그들은 흩어졌고
그들의 가슴에 품은
그 이름이 차츰 희미해졌다

불멸이란 얼마나 슬픈 것인가
장차 그들의 불우한 자손들은
그 이름이
누구인지 모른다
또한 먼 곳에서
이제 막 도착한 사람들도
그 이름이 누구의 이름인지 더욱 모른다

그 비에 새겨진 이름도 차츰 마멸되었다
귀멀어
천둥소리를 동반한
비바람 소리도 들을 수 없었다

그런 비바람에 쓸 이름이 아니라면
먼바다의
물결에 쓸 이름이 아니라면
어느 산맥과 산맥 사이
누군가가 실컷 죽어 있다가 벌떡 일어서서
외치는 소리의 메아리에 이어질
이름이 아니라면

천년 앞과 뒤
그의 이름은 끝내 불멸이 아니어도 좋아라
그 비는 끝내 그렇게
한 조각 이끼 묻은 돌덩어리였다
차라리 서 있다 못해 땅속에 묻혀야 할

—『어느 기념비』, 1997

라민 | 저는 고통이 끝났다고는 생각하지 않습니다. 하지만 한국 시인들은 더 이상 고통에 공감할 수 없는 것일까요?

고은 | 고통이란 시대의 통과의례로 국한되지 않습니다. 그것은 영구개념입니다. 하나의 고통이 극복되는 순간 다른 고통이 얼굴을 디밀지요. 붓다가 세계를 고(苦)로 파악한 것은 '죄(罪)'로 파악한 것보다 한 수 위입니다. 고통이란 삶의 조건입니다.

지금 한국 시인들은 대체로 실존의 스트레스 말고는 삶이든 사회든 역사문제로 고통을 느끼거나 고통에 대해 깊은 사유와 통찰을 보이지 않고 있는 듯 합니다. 그들은 자기 포착의 언어 표현능력에 더 몰두하고 있는 듯이 보입니다.

부탁

아직도 새 한 마리 앉아보지 않은
나뭇가지
나뭇가지
얼마나 많겠는가

외롭다 외롭다 마라

바람에 흔들려보지 않은
나뭇가지
나뭇가지
어디에 있겠는가

괴롭다 괴롭다 마라

—『*내 변방은 어디 갔나*』, *2011*

5
시와 자아

라민 | 선생님께서는 시를 삶의 리듬과 어떻게 결부시키시는지요? 시는 삶의 모양을 만들어내니 삶에 앞서 있는 것일까요?

고은 | 현실이나 세계의 사상(事象)에 시의 행방을 두고 있다가 상황의 변화에 따라 자아의 숲 안에서 삶의 내재율을 찾는 행위는 사회윤리에서 말하는 공(公)과 사(私)의 문제에 해당할지 모릅니다. 그런데 나는 공(公)이 사(私)의 상위 개념이고 사(私)가 공(公)의 일부이거나 공(公)의 객체라고 하는 오랜 관행을 무시하고 공과 사를 동시동격(同時同格)으로 파악합니다. 더 나아가 이 둘은 하나의 이동현상(異同現象)인 것입니다. 행성의 자전과 공전은 그 행성의 영구운행(永久運行)을 성립시키는데 일종의 우주적 공과 사의 차원인 것이지요.

지금의 문명은 시간이 더할수록 시가 역사와 사회의식이나 공동체적 인식에서 소원해지고 있는 것이 사실입니다. 사회적 필수가 문학적 선택으로 바뀐 것이 21세기 문학의 한 현상입니다. 어쩌면 오늘의 시는 유목과 농경 그리고 1차, 2차, 3차 산업을 지나서 또 다른 문명 가운데서 자기형식을 추구하는 핵실험을 하고 있는 중일지 모릅니다. 앞으로는 지상이나 지역의 현실 차원에 시의 위상이 자리잡는 것 이상으로 다른 차원의 현실에도 가 있을 것이 분명합니다.

시는 시대를 앞서 가기도 했으나 시대를 따라가기도 합니다.

라민 | 선생님께서는 자기 중심적 삶의 경험이 시적 상상을 죽이고 있다고 생각하시는지요?

고은 | 능동은 수동과 피동을, 주체는 대상과 객체를, 자아는 타자의 배척과 통제의 욕망을 이루는 것이 세계의 현상입니다. 나는 거의 질병일 정도로 나를 학대하고 나 자신을 혐오하다가 이런 습관조차 싫어질 때 돌연변이 같은 자기 긍정에 이르기도 했습니다. 특히 20대 30대에 그랬습니다. 그것이 간혹 무아사상(無我思想)에 의해 용해될 때 그 평정(平靜)의 희열은 법열(法悅)에 가까웠습니다.

그런데 시 속의 화자(話者)는 이런 나 자신의 반영물이기도 하고 상상 속의 어떤 미지의 자아이기도 합니다. 어차피 세상에 내던져진 나의 삶과 체험이란 '나'라는 한계상황에 속하는 것이어서 도리어 그것의 역정(歷程)이 시에 기여하는 어떤 한계를 이룹니다.

삶

비록 우리가 몇 가지 가진 것 없어도

바람 한 점 없이

지는 나뭇잎새의 모습 바라볼 일이다.
또한 바람 일어나서
흐득흐득 지는 잎새의 소리 들을 일이다.
우리가 기억 니은 아는 것 없어도
물이 왔다가 가는
저 오랜 고군산(古群山) 썰물 때에 남아 있을 일이다.
젊은 아내여
여기서 사는 동안
우리가 무엇을 다 가지겠는가.
또 무엇을 생이지지(生而知之)로 안다 하겠는가.
잎새 나서 지고 물도 차면 기우므로
우리도 그것들이 우리 따르듯 따라서
무정(無情)한 것 아닌 몸으로 살다 갈 일이다.

—『문의마을에 가서』, 1974

삶은 시를 쫓아낼 수도 있는 현실이기도 하지만 끊임없이 시를 불러내는 꿈의 주기율표(週期律表)의 원소(元素)들이기도 합니다.

"시는 체험이다" 라든지 "삶을 떠나서 시는 불가능하다" 같은 기초 시론들은 고대에만도 아니고 20세기까지도 범세계적으로 각 지역 시단(詩壇)에서 자주 거론되어왔습니다. 그런 다음 바쉴라르의 물과 불의 상상과 같은, 경험의 차원과는 전혀 다른 시적 자재(自在)의 무한성이 열렸던 것입니다. 어느 경우에는 기억조차 상상의 세계 범주 안에서 가능했습니다.

독백

외로운 공산주의자 주제 사마라구 가라사대
기쁨 슬픔은
물과 기름 아니어서
함께라 하셨거니와
고개 끄덕이다가
고개 끄덕이다가

아예 대들어

기쁨은 슬픔 모른다네
슬픔은 기쁨 통 모른다네

활연개오(豁然開悟) 사절(謝絶)
온 세상의 대화들 개구리 밤샘 코러스들
끝내 독백이라네
끝끝내
꽃들 꽃샘추위들
독백이라네

실로 놀라운 바
대화란 건
이 세상 욕계 색계에 단 한 번도 있어본 적 없다네

외로움이란 외로움 각자들 하나하나 이렇게
못내 외통수 중생 각위(各位)인지라
단 한 번도 외로움이 되어 본 적 없는 외로움 각위이시라네

—『내 변방은 어디 갔나』, 2011

지금은 이런 상상이 지나치게 디지털 세계의 끝 모를 모험에 하나의 기계적 원동력으로 되어가고 있습니다. 이럴 때 나는 삶의 경험 방식이 상투화되거나 상상만이 절대화하는 현상을 본능적으로 경계합니다. 나의 경우 나의 시는 나 자신의 규제에 대해 거부를 행사합니다. 자주 허상(虛像)이기 십상인 이미지의 권력화는 현실 위기의 맹위로 나타나기 때문이지요. 이럴 경우 이미지도 범죄입니다.

라민 | 어떻게 무아의식(無我意識)을 가진 시인이 될 수 있을까요?

고은 | 2년 전 나는 한 국제문학축제의 기초연설에서 자아와 무아(無我)에 대해서 긴 논조를 전개한 바 있습니다. 토론자들도 내 논조를 선택적으로 공감해 주었습니다. 한 마디로 봄의 꽃이 가을의 낙엽과 열매로 바뀌듯이, 자아는 어느새 전혀 다른 세계로 전화(轉化)된다는 것이 그 내용입니다.

세계의 무(無)는 유(有)와 무의 대립항(對立項)으로서의 무가 아니라 유와 무도 다 아우르는 공(空)입니다. 이 공(空) 속에서 세계전개는 무한한 관계의 그물이 무한대로 펼쳐지고, 그러는 동안 자아라는 일정한 고정개념은 어디에서도 항구적으로 담보될 수 없는 것입니다. 어

쩌면 다중우주론(多重宇宙論) 속의 양자역학(量子力學)도 여기에 해당하지 않을까 합니다.

사실 아주 오래전부터, 아마도 20세기 후반부터, 많은 시인들은 1인칭 '나'와 근대의 주체인 자아라는 것에 누에고치를 만들고 거기에 들어가 살고 있습니다. 이제는 깊은 염오(厭惡)를 일으킬 만도 하게 대부분의 시인들은 나와 자아 중심의 편향과 주관의 고착을 살아오고 있습니다. 그들은 마치 '나'라는 게 있으며 '나'가 영원무종(永遠無終)인 것 같은 착각 속에 갇혀 있습니다.

대답

–말년의 마크 트웨인을 기리며

애야
저건
꽃 아니란다
저건 나비 아니란다

헛것이란다
또한 나
오래전부터
헛것이란다

너나 나나 어쩐다?

—『내 변방은 어디 갔나?』, 2011

나는 고대의 유목 국가들이 사라지고 난 텅 빈 공간이야말로 내 시의 원적지(原籍地)라고 선험적(先驗的)으로 깨닫고 있습니다. 그렇지 않다면 나는 시인이기를 포기할 것입니다.

실크로드

어떤 힘으로도
세계가 멸망하는 것을
세계가 천천히
또는 갑자기 멸망하는 것을 막을 수 없다
어떤 사랑으로도
인간이 멸망하는 것을 막을 수 없다
회오리바람이 남아 있다
오 마지막 주술이여

—『속삭임』, 1998

6

한국의 시

라민 | 한국에서 시는 아직도 대중적인 인기가 있습니까? 한국인은 아직도 시를 사랑하는 사람들인가요?

고은 | 오랫동안 한국은 '시의 나라'라고 알려졌습니다. 문(文)과 시를 숭상했고, 시의 사회적 문화적 영향이 컸고, 그래서 시인들은 사랑받고 존경받았습니다. 사람들은 시를 많이 읽었고 누구나 여기저기서 시를 인용했어요.

근대 한국이 일본 제국주의의 희생이 된 것은 일본의 사무라이 무(武)의 문화가 조선의 선비 문(文)을 무너뜨린 것으로 보는 압도적인 관점이 있었습니다. 그런데 지금 우리는 또 다른 문명과 문화 동향(動向)의 규범 속에 살고 있습니다. 인구감소 시대가 도래하고 다른 연예적 관심사들의 급격한 증가로 진지한 시를 잘 읽지 않는 시대가 되었는데, 지금도 한국에서는 시대에 역행하듯 오히려 시인의 수는 증가하여 시의 질(質)과 상관없이 시인이 몇만 명인 시대에 이르고 있습니다. 어떤 날은 하루에 증정 시집을 서너 권씩 받기도 해요. 그런데 이런 특이한 현상으로 한국인이 지금도 시의 향수자(享受者)라고 단정할 수 있을지는 모르겠습니다.

다른 나라도 그러하듯이 21세기 이후 시는 좀 더 대내적(對內的)인 표현으로 바뀌어 가고 있어요. 지금의 한국인은 정보 문명의 군대 같습니다. 한국이 세계의 정보화 부문을 선도하는 배후에는 당연히 시의 소외가 엄연히 존재합니다. 아마도 내 틀린 예언이 한번 적중한다면 몇십 년 뒤에나 우리는 다시 시의 민족이 될지 모릅니다. 지금은 해돋이 같이 솟아오르는 인터넷으로 모여드는 디지털의 광신이 압도적입니다. 고대 한국의 가요 〈정읍사〉에서 노래하는 애틋한 달밤이나 또 그런 달밤으로 하여금 저 머나먼 사후(死後)의 세계에 가 있는 죽은 육친과의 그윽한 교감이 이루어지는 일이 엊그제까지도 현재와 이어져 있었습니다.

달밤

천오백 년 전의 오늘밤이면 된다

그 누구네 애끓는 피리 소리에
가는 달 홀려
이 지상에 귀 기울이고
실컷 귀 기울이고 가더라

어느덧 그 피리 소리 멎고 달도 무척이나 기울었더라

세상의 적과 적 아무 데도 없더라

—『허공』, 2008

그러나 지금 그런 상상은 실효성이 전혀 없습니다. 그럴 뿐만 아니라 최신 문명에서 사람들은 인간의 천박하고 사악한 본능을 더 자주 더 적나라하게 드러내고 있습니다. 그러나 어떤 새로움에도 먼 옛날이 들어있는 법이지요.

라민 | 한국 사람들은 아직도 전통적인 3행 시조나 자유 서술시인 사설시조를 쓰고 있는지요? 선생님께서도 그런 시를 쓰시는지요?

고은 | 사설시조의 방자한 산문화(散文化)는 봉건체제 후기에 양반 계급, 지배문화의 정형과 논리적 귀결의 당연성 따위를 거부하면서 탈문법적, 탈윤리적인 자유에의 모험을 시도하면서 등장했어요.

우리나라에서는 지금도 3행의 일반 시조가 꾸준히 쓰여지고 있고 권장되기도 하고, 시조 전문시인도 그 수가 상당합니다. 다만 지금도 정형 시조는 많이 쓰고 있지만, 사설시조는 사라졌고, 그것은 '판소리'라는 전통 형태로 곧잘 공연되고 있습니다.

나는 체질적으로 정형화와 반복을 싫어하여 기승전결(起承轉結)이라는 질서정연한 논리 전개를 가진 시조 문학의 시학이 맞지 않습니다. 그래서 시조형식보다 정형을 뛰어넘는 단시(短詩)의 무애(無碍)를 선호하는 편이에요. 아마도 이런 취향은 내가 익숙한 불교적 선(禪)의 세계와도 닿아 있을 것입니다.

나는 선시집(禪詩集)『뭐냐』를 포함해 여러 권의 단시집을 출간했는데 지금도 내 단시집은 독자들의 사랑을 많이 받고 있는 듯합니다. 『순간의 꽃』은 10만 부 정도 팔린 것으로 전해들었습니다.

*

추운 바람이
노란 햇병아리 솜털
들쑤시어 놓는다

병아리 다리 오래 가늘다

*

반석이 놓일 때 같은
쿵! 소리를 들었다

저문 산이 혼자 내본 소리인가
부엉이 눈이
그 뒤 커졌다

*

병든 말 꿇어앉지 않고 끝까지 서 있는 마구간에
먼동 빛이 어린다
긴 밤이었다
긴 밤이었다

*

몇 사람의 마음을 씻어줄 만한
한 사람의 사랑이 나에게 어디 있을까 보냐
우산을 펴다가
다시 접고
그냥 비를 받았다

*

아이에게 물었다
거지가 될래?
도둑이 될래?

아이가 물었다
왜 이 세상엔
그것밖에 없어요?

그렇단다 카스피해와 흑해뿐이란다 이 세상엔

*

30년 동안 외친 것들
이제 놔주어라

그 가운데
정의!
아주 놔주어라

*

만약 10년 30년 또는 60년
이런 세월이 무상하지 않다면
이런 삶이 무상하지 않은 거라며
인간은 훨씬 더 야만이었으리라

오 숭고한 무상 만세

*

오늘이
하찮은 날일지라도

누가 태어나는 날이고

누가 떠나는 날이다

누가 기다리는 날이다

오늘도 해지기 전 낙조 웅혼하여라

—『두고 온 시』, 2002'에서 단시 8편

미국 시인 게리 스나이더는 이런 내 단시(短詩)가 고대 그리스의 단시나 일본의 하이꾸와도 또 다른 시 세계라고 지적한 적이 있어요. 미국에서도 내 선시집(禪詩集)은 중판을 찍으며 많이 읽힌 것으로 압니다. 이렇게 단시집이 많이 읽히는 이유는 어쩌면 오늘날 독자들이 긴 시를 누릴 수 있는 시간의 양이 줄어들고 또 그들의 취향이 단편적이 되어가는 걸 일부 반영하고 있을지 모릅니다.

그런데 내가 단시를 지속적으로 쓰는 것에 대해 사람들이 자주 언급하는 '직관'이나 '영감'이라는 말을 나는 더 이상 내 시에 적용하고 싶지 않아요. 어쩌면 내 단시의 용솟음은 천연(天然)의 대수(代數)인지 모릅니다.

라민 | 선생님의 시가 언제나 한국인의 서술과 아주 밀접한 점이 흥미롭습니다.

고은 | 모르겠습니다. 서술표현은 선천적 능력이기도 하고 그 이상으로 세상의 온갖 길을 걷는 도상(途上)에서 만나는 능력이기도 할 것

입니다.

내 핏줄은 반드시 한국인의 서술표현에 닿아 있을 것입니다. 그렇다면 오래전 저 멀리 한국인이 건너온 그 땅에도 내 핏줄은 이어져 있을 것이므로 나는 자주 스키타이에도 또는 가령 훈족(族)에도 내 시적 핏줄의 동질감을 느낍니다. 내가 한글을 사랑하고 오랫동안 한글을 구사하며 글을 써온 시인이기에 그것이 한국인의 서술과 아주 친화적인 것은 자연스러운 일이겠지요.

아리랑

1937년 어느 날 연해주 고려사람들
당장 화물차에 실려
시베리아 철도에 실려
바이칼 호수 끼고
열흘이고 보름이고 가다가
5천여 명 하나하나 죽어서
그 송장 내버리며 가다가
이게 어디란 말인가
알마아타 황야에 이르러
너희들 까레스끼 여기서 살아라
하고 다 내버리고
빈 화물차 떠나버렸다

멀리 남쪽으로 천산산맥 하얀 눈 쌓였다
앞과 뒤 몽땅 맨땅 풀밭
여기에 움막 짓고 솥 단지 걸어
죽어가며 살기 시작했다

그런 모진 세월 60년 지나
2세 3세
어린이 김 나딸리아
박 일리이치
그 가운데 아나똘리 강
나이 열한 살
발랄라이까 잘 뜯어

거기다가 아리랑 악보 주었더니
한번 훑어보고
아리랑 아리랑 아라리요
그 곡을 뜯어 노래하는데

놀라워라 그 아이의 노래
이제까지 이런 슬픔 없었다
눈에 눈물 고여
이제까지 이런 슬픔 없었다

처음 부르는 아리랑인데

그 노래 가운데
조상 대대의 온갖 슬픔 다 들어
그것과 동떨어질 수 없는
이 어린아이의 눈물이여

이것이 피인가 노래인가 무엇인가
아리랑 아리랑 아라리요

—『내일의 노래』, 1992

또한 나는 특별한 시적 용어나 시적 표현이 아니라 일반적이거나 인민적 표현을 즐겨 많이 빌려오고 사용하므로 일반적인 한국인의 표현에 더 가까울 것입니다. (*시, '토요하라')

토요하라

서문 밖의 토요하라는 절뚝발인데
서문 밖 재 넘고 옥정골 재 넘어
그가 올 때면 산 하나가 멋딱지게 기우뚱거립니다
하늘도 기우뚱거립니다
그가 쇠정지에 오면
동네 어른들 저녁 먹고 삼지 가지고 하나둘 모입니다
그러면 그는 두 손가락 맞물려 잡고

독야청청 유행가를 부르기 시작합니다
어느 때는 하루 거르고
어느 때는 저녁마다 와서 부릅니다
비가 오면 오지 못한다 빗소리가 그 노래 대신합니다
비 온 뒤
밤 이슥히 별들 더욱 밝을 때
노래 다 부른 뒤 밤길 기우뚱거리며 잘도 갑니다
두 번이나 재 넘어 먼 길 갑니다
가근방에서 가장 잘난 인물 토요하라가
다리 병신만 아니면 금상첨화 토요하라가
우리 동네 날마다 오는 것
바로 봉태 누나한테 딱 반해서입니다
그래서 쇠정지 마루에서
그 집에 들리도록 노래하는 것입니다
오늘도 걷는다마는 정처 없는 이 발길
이 노래에 가슴 뛰노는 건
두 방망이 세 방망이질 해대며 뛰노는 건
봉태 누나
나와보지도 못하고
귀 하나 깊이 뚫어 노랫소리 먹는 봉태 누나
그러나 그 누나 시집간 뒤 노랫소리 들을래야 들을 수 없습니다
어디 가서 슬픈 토요하라 입 다물고 썰물에 밀물 기다린다 합니다

—『만인보』 1권, 1986

내가 호주의 애보리진이라면 그들의 철야(徹夜) 북소리가 내 시속에서 울릴 것입니다. 바람이 종족이나 경계를 무시하는 것처럼 어떤 서술에는 만 년 전의 표현도 만 년 후의 표현도 나의 백지에 그 바람 소리로 울릴 것입니다.

라민 | 시인인 선생님과 한국어의 관계는 단지 언어의 작품을 뛰어넘어 서사적 차원을 취하고 있다고 저는 생각합니다. 이것은 『백두산』이라는 제목의 서사적인 시의 사이클에서도 아주 분명해 보입니다.

고은 | 나는 민주화운동을 하다가 잡혀 들어가 육군교도소 특별 감방에서 고문과 취조의 극한상태를 경험한 후 2년여 옥살이를 했습니다. 거기서 씨앗이 생긴 것이 『백두산』이고 『만인보』이고 『운명』이었습니다. 감옥에서 출옥한 후 아내와 결혼하고 안정된 서재가 만들어지자 『백두산』과 『만인보』를 쓰기 시작했습니다.

『백두산』은 비교적 빨리 쓸 수 있었지만 『만인보』는 방대한 시간에 걸친 수많은 사람들에 대한 것이어서 공부와 연구가 많이 필요해 쓰는 데 시간이 많이 걸렸습니다. 당시 어느 평론가의 표현처럼 내게 '시의 폭발'이 일어나, 『만인보』를 쓰기 시작한 후 나는 다른 많은 시와 작품도 동시에 진행하고 있었습니다.

『백두산』은 나라를 잃은 1910년대에서 1930년대 사이 나라를 찾고 겨레를 해방시키기 위해 국경 산악지대에서 무장 독립운동을 하다 스러져 간 청소년들의 삶과 죽음을 그린 7권짜리 대하 서사시입니다. 쓰는 데 몇 년이 걸렸습니다.

『만인보』는 한편으로 이어지는 서사시가 아니고, 5천 년 한국 역사에 잠겨 있는 수많은 한국인을 이끌어내 사람 하나하나의 생의 서사나 단편적인 삶의 풍광을, 그들 각자의 희로애락과 선악, 시대와 역사 속의 운명을 그렸습니다. 그런 점에서 평론가들은 이 작품을 거대한 인물 서사시로 보고 있고, 한 문학 평론가는 발자크의 '파리 호적부'에 견주기도 했습니다.

감옥에서 어렴풋이 구상한 때로부터 30년, 쓰기 시작한 때로부터는 25년만인 2010년에 4,000여 편의 시로 일단 마무리했습니다.

만순이

얼굴에 참깨 들깨 쏟아져
주근깨 자욱했는데
그래도 눈썹 좋고 눈동자 좋아
산들바람 일었는데
물에 떨어진 그림자하구선
천하절색이었는데
일제 말기 아주까리 열매 따다 바치다가
머리에 히노마루 띠 매고
정신대 되어 떠났다
비행기 꼬랑지 만드는 공장에 돈 벌러 간다고
미제부락 애국부인단 여편네가 데려갔다
일장기 날리며 갔다

만순이에 집에는
허허 면장이 보낸 청주 한 병과
쌀 배급표 한 장이 왔다
허허 이 무슨 팔자 고치는 판인가
그러나 해방되어 다 돌아와도
만순이 하나 소식 없다
백도라지꽃 피는데
하루 내내 죽어라고
쓰르라미 우는데

—『만인보』 2권, 1986

『운명』 역시 감옥에서 어렴풋이 구상은 했으나 다른 작업에 밀려 아직 미완으로 남아있는 작품인데, 내 정신의 궤적을 그릴 것이라고 말할 수 있습니다. 때가 되면 저절로 쓰게 될 터이니 그것을 쓰려는 조바심을 가지고 있지 않습니다.

'서사적인 시의 사이클'이라는 당신의 지적은 나의 시에 대한 인식을 정확히 지적한 것입니다. 나에게 언어는 언어의 사용이나 언어의 작동만으로 끝날 수 없는, 비언어적 서사 활동의 욕망을 갖고 있습니다. 나는 어느 한쪽에서만 살고 싶지 않습니다. 그리고 나의 시적 향수(鄕愁)에는 언어의 극한에 닿고 싶은 본능이 스며있습니다.

7
삶은 산문, 죽음은 시

라민 | 빠블로 네루다는 칠레의 영혼이었고 가르시아 로르카는 스페인의 심장이었다고 말합니다. 선생님의 시를 읽으면 선생님께서는 한국의 토양과 문화와 아주 가깝다고 느껴집니다.

고은 | 네루다는 결국 칠레 군부독재에 의해 암살 당했지만 그것은 영광과 사랑을 아주 많이 누리고 난 뒤의 비극이었어요. 이와 반대로 스페인 인민전선 시절의 로르카는 청춘에 처형된 미완의 시인입니다.

한 20년쯤 전 멕시코 과달라하라에서 열린 네루다 추모 시 축제에 아시아 시인으로 초청받아서 남미의 대표적 시인들과 함께 시를 낭독하고 시론을 발표한 적이 있었습니다.

나는 네루다의 공산주의에도 한동안 관심을 가진 적이 있습니다. 그의 사상 때문에 미국 문단의 한쪽에서는 그의 노벨상 수상을 몇 해 동안 집요하게 방해한 적도 있지만 한편에서는 아서 밀러 등의 지지도 받았습니다. 나는 로르카에 매혹되어 스페인에서 있었던 한 시 축제에 참가한 다음 일정을 잡아 아내와 함께 그라나다에 있는 그의 생가(生家)를 찾아 그의 자취를 더듬어보기도 했습니다.

죽은 시인들은 시로서 매 시대 살아납니다. 네루다 역시 생전의 명성 그대로 사후에도 많은 사랑을 받고 있어요. 어떤 시인에게는 삶이 산문이라면 죽음은 시입니다.

나는 한국의 시인으로 태어나 한국어로 시를 쓰고 있는 운명을 한없이 사랑합니다. 미국의 알렌 긴즈버그와 게리 스나이더, 또는 영국의 앤듀류 모션 등 시인들과의 형제적 친교를 이루는 시적 우애가 가능했던 것은 내가 한국 시인이었기 때문이지요. 그들과의 우정은 거의 씨족적입니다.

라민 | 어떤 시에서 선생님은 "가는 것만이 아름답다/ 한 군데서/ 몇 군데서 살기에는/ 너무 큰 세상" 이라고 쓰셨지요.

고은 | 그 시는 시집 『히말라야 시편』에 들어 있습니다. 내 나이 64세 때 성산(聖山) 카일라스(Kailas)를 목표로 한 히말라야 순례를 40일 동안 했습니다. 그 여파로 심신이 허약해져 한동안 글을 쓰지 못하다가 몇 년 후 단행본으로 쓴 시집이 『히말라야 시편』입니다.

히말라야 이후

슬픔이 아니었습니다
내 눈을 빼어버리고
다른 눈을 끼워 넣고 싶은
시린 날이 있었습니다
히말라야에서 돌아왔습니다
거기에 무엇과 무엇이 있더냐고
어린 아이가 물었습니다
나도 어린아이의 높은 목소리가 되고 싶었습니다

—『속삭임』, 1998

공교롭게도 니체의 인상적인 초상화를 여러 점 그린 스위스의 화가이자 대표적 조각가인 노트 비탈이 영국 런던에서 활동하는 역시 스위스 출신의 세계적인 아트 큐레이터인 한스 울리히 오브리스트로부터 『히말라야 시편』의 영문본을 받아 읽은 후 그 시들을 아주 좋아하여 다년간 애독서로 가지고 다니다가 결국 분실했다고 나중에 내게 전해주었습니다.

그대 순례

좀 느린 걸음이면 된다
갑자기 비가 오면
그게 그대 옛 친구이니
푹 젖어보아라

가는 것만이 아름답다
한 군데서
몇 군데서 살기에는
너무 큰 세상

해 질 녘까지
가고 가거라
그대 단짝
느린 그림자와 함께
흐린 날이면
그것 없이도
그냥 가거라

—『히말라야 시편』, 2000

노트 비탈은 이 시와 다른 두 편의 시를 스위스의 엥가딘 지방에서 사용하는 그의 모국어인 로만쉬어로 번역해서 자신의 시집에 넣겠다고 이메일을 보내 허락을 구한 적이 있습니다.

그는 작년 봄 벚꽃이 피기 시작할 무렵 내 시 세 편이 들어 있는 그의 모국어 시집을 들고 나를 찾아왔습니다. 우리는 거실에서 각자 자신의 언어로 그 시들을 낭송하며 즐거운 시간을 보냈어요. 그는 '한 군데서/ 두 군데서' 라고 쓰지 않고 '한 군데서/몇 군데서'라고 쓴 나의 시적 비약을 아주 좋아한다고 말했는데, 사실 그건 내가 의식하지 않고 쓴 것이었지요.

우리가 만나기 몇 년 전 노트는 바로 이 시 구절의 단어들을 가지고 14미터 짜리 나무 형상의 청동작품을 만들어 그가 소유하고 있는 1천 년 된 스위스의 고성(古城)의 안뜰 광장에 설치했다고 그 사진을 보내오기도 했습니다.

젖먹이 아기가 네발로 기다가 두 발로 섬마섬마하며 서면서 인류는 직립 인간의 길을 가게 되었습니다. 몇 걸음 비틀대다가 걷기 시작한 것이지요. 인간이 두 발로 서서 걸으며 세계를 필사적으로 열어오는 동안 인간 하나하나는 명사(名詞)이기보다 동사(動詞)였고, 어디에서 어디로 가는 것을 삶의 불가결로 삼아왔습니다. 생존은 이동으로 지속되었던 것입니다. 이 시는 그것을 압축하고 있습니다. 또한 인간의 나그네적 요소, 유목민적 요소, 제어할 길 없는 먼 그리움 등을 표현하고 있습니다.

어릴 때 아버지는 내가 집이나 산을 그리지 않고 새나 구름이나 바다 위의 돛배 따위를 그리는 것을 늘 꾸짖었어요. 내가 갔던 곳들이란 이 큰 세상의 수많은 미지(未知)의 장소에서 한 줌이나 될지 모르겠어요. 내가 갔던 곳 이상으로 내가 가지 않은 곳들이 많이 남아있다는 것은 자주 나의 구원(救援)이 되고 나를 늘 10대의 소년으로 돌아가게 합니다. 미지의 곳들을 향한 상상과 꿈은 내 시의 한 원천입니다.

가고 싶은 곳

30년 전
가고 싶은 곳이 있었습니다
백만 분의 일 세계지도 모든 곳에
내가 가 있었습니다
20년 전
꼭 가고 싶은 곳이 있었습니다
옥방 철창 사이로
푸른 하늘은 돌아쳐 나의 길이었습니다

그동안 몇 군데는 터벅터벅 갈 수 있었습니다

그러나 몇 군데는 그대로 남겨두었습니다
내가 이 세상 그만두어버린 뒤
내가 가고 싶은 그곳들이
누군가를 내내 기다릴 것입니다

가고 싶은 곳이 있었습니다
지는 꽃
지는 꽃 저녁 가슴 여며 눈감았습니다

—『두고 온 시』, 2002

8

평화는 산소이며 생명의 물

라민 | 선생님께서 뉴욕의 유엔 본부에서 평화 시를 읽으신 걸로 압니다. 소년 시절에 발발했던 끔찍한 전쟁을 겪으셨고 전쟁으로 인해 삶의 방향도 달라지셨습니다. 분명 그 때문에 선생님께서는 평화에 대한 갈망이 매우 간절하고 직접적이며 남달라 평화에 대해 지속적으로 말씀하시고 노래하시는 것이겠지요.

고은 | 네, 유엔 본부에서 열린 '세계평화정상회의'에 초대받아 가서 나는 130여 개국 대표 앞에서 평화 시를 낭독할 기회가 있었습니다. 코피 아난이 사무총장이던 때였어요. 그때 내가 읽은 시는 평화란 어느 한 나라나 한 지역의 평화가 아니라 바다의 파도처럼 세계의 모든 바닷가를 파도치는 전 지구적 보편적 가치이며 생명의 율동이라는 걸 노래했습니다. 나의 뜨겁고 절실한 낭송 때문이었던지, 그때 참석자들이 모두 흥분했던 기억이 납니다.

평화의 노래

평화는 파도입니다
파도쳐 살아 있습니다
그 파도 아래
온갖 고기들이 헤엄쳐 살아 있습니다
온갖 산호들이 자라납니다
그 파도 위 그 어디에도 저 혼자 높지 않고
해 지는 수평선까지
누구에게나 자유이고 누구에게나 평등입니다
그 평화의 파도 위 내달리는 흰 돛폭 팽팽합니다

평화는 밥입니다
지난 시절 두메산골 몇 가호 마을에서
밥 짓는 연기 거룩하였습니다
빵 굽는 아침 연기 아름다웠습니다
평화는 밥이고 빵입니다

그 이전에 쌀이고 밀이고 옥수수입니다
평화는 밥처럼 빵처럼 절실합니다
동북아시아 상형문자로
평화는 골고루 입에 밥이 들어가는 것입니다
그래서 이 세상의 친구들이
다 함께 빵 먹는 날이 평화입니다

지상의 모든 굶주림 사라지는 것이 평화입니다

평화는 꽃입니다
평화는 꽃처럼 아름답습니다
만약 이 세상에 꽃이 없다면
괴로운 날들
슬픈 밤들 지나쳐 한 송이 꽃이 없다면
어떤 것이 평화인지 모를 것입니다
인간과 인간 사이
마을과 마을 사이
나무와 새 사이
나라와 나라 사이
거기 한 송이 꽃 들어 올리는
그 조용한 미소가 없다면
평화 그것은 애타게 기다리던 임이
끝내 돌아오지 않는 절망입니다

평화는 어린아이입니다
어여뻐라
어여뻐라
어디에 이 세상의 어린아이만 한 것 있겠습니까
어린아이가 있어야
비로소 가정과 세상이 펼쳐집니다
어린아이를 중심으로

엄마 아빠가 되고
할아버지가 되고
고모가 되고
이모부가 됩니다
외할머니가 됩니다
꼭 와야 할 세상의 내일이 옵니다
그러므로 온갖 정성으로
그 아이를 길러내야 합니다
평화야말로 그렇게 길러내는 아이입니다
평화야말로 그런 아이의 친구이고 아저씨이고 이웃들입니다

평화는 별입니다
어린아이가
처음으로 만나는 우주가 곧 평화입니다
별을 바라보며
내가 누구인가 물었고
별을 바라보며
뱃길을 알게 되었습니다
그리하여 항해하는 자의 마음 속에
온갖 파란 이겨내는 평화가 깃들입니다

몇천 년 동안 인간은 아주 긴 전쟁의 시간 속에서 죽고
아주 짧은 평화의 시간을 살아왔습니다
아주 짧은 평화조차도

곧잘 전쟁의 욕망을 키우는 시간이었습니다
그래서 평화는 늘 위기였습니다
인간은
어쩌면 전쟁과 전쟁 사이에서 전쟁 포로였습니다
이제까지의 문명들이 만들어낸 이기(利器)는
차라리 전쟁용 흉기의 다른 이름이었습니다
재앙이었습니다

평화는 새였습니다
총소리가 나자 다 날아가 버린 새였습니다
지난 20세기는 특히 큰 전쟁들의 시대였습니다
또한 지루한 냉전이 이어졌습니다
이 무슨 비극인가
그 냉전이 진리가 되기도 했습니다
새들이 방황했습니다

20세기 한국 분단 시대는
21세기 한국 통일 시대로 나아가야 합니다
낡은 세월 보내고
새로운 종소리 북소리의 연대기를 맞이해야 합니다
한반도는 남북의 폐허에서 다시 일어났습니다
초토에서 다시 숲과 강물을 이루었습니다
그러나 분단은 장벽이다가
어느새 길들여져

그것이 울타리가 되었습니다
모순의 세월은 길었습니다
그 역겨운 분단의 증오 걷어내고
함께 숨 통하는 평화의 민족이 되어가고 있습니다

평화는 다리입니다
전쟁은 다리를 폭파해 버리지만
인간과 인간이 오고 가는 다리는
오직 평화만이 다시 이어줍니다
단절을 넘어
평화는 수많은 강의 다리입니다

아 평화는 푸른 꿈입니다
꿈꾸는 자 없이는
평화라는 말은
탱크 캐터필러에 짓눌려 죽어버립니다
평화는 꿈입니다
오늘의 꿈이
내일의 현실이 되는 꿈입니다
그런 꿈 절반만으로도
세상은 평화를 이루어갑니다
평화는 미래의 육친이고 동지입니다
오고 있습니다
오고 있습니다

마중 나가야겠습니다

6월의 한국 제주도 앞바다 해풍처럼 오고 있습니다

—『늦은 노래』, 2002

노르웨이의 한 시축제에 초대받아 갔을 때도 '평화공원'에서 열린 특별 행사에 평화학의 창시자인 요한 갈퉁과 함께 참석해 나는 평화의 시를 낭송하기도 했는데 그 시가 '그것은' 입니다.

그것은

그것은 설렘
총구멍에서 눈물이 흘러나오는 것

그것은
더하기보다 빼기
곱하기보다 나누기

그것은
귀 기울이는 것

그것은
밥 한 그릇

그것은
지하의 뿌리가
지상의 잎새들을 걱정하지 않는 것

그것은
누구의 어린 피리 소리

그것은 갖가지 삶
다른 삶이

다른 삶에 굴복하지 않는 것

그것은
지난날 소가 쟁기 끌고 밭 가는 풍경
어이할거나
소의 천년 멍에

그것은
아버지가 아들보다 먼저 죽는 것

그것은
모국어

그것은
누구의 피가 누구의 피를 데워주는 것

그것은
아기 울음소리가 모든 것인 엄마

그것은
다도해

그것은 인간이 인간에 대하여 인간인 것
인간이 자연에 대하여 자연인 것

그것은

끝내 나 자신이 없어지는 것

오 평화!

—『늦은 노래』, 2002

국제 시 축제에 초대받아 갈 때마다 평화가 주제가 아니더라도 나는 반드시 평화에 관한 시를 낭송에 포함시킵니다. 나는 유네스코 한국위원회의 평화친선대사로 추대되기도 했어요.나는 1950년대 초 10대 후반의 나이로 한국전쟁의 극한 상황을 체험했고, 3년간의 한국전쟁에서 한국사 전체에서도 유례없는 3백만의 사상자를 낸 현장에서 살아남았습니다. 그 전쟁에서 부모님을 잃은 것은 아니었지만 나는 한 명의 '전쟁고아'로 지금껏 살아오고 있습니다.

따라서 평화는 나에게는 추상적인 문학적 주제가 아닙니다. 평화는 우리 모두에게 그것 없이는 살 수 없는 삶의 산소이고 물인 것입니다. 아직껏 한반도는 준전시(準戰時) 상태의 휴전상태이고 남북의 두 체제가 대치하고 있는 상황이므로 평화는 당연히 우리 문학의 한 중요하고도 무거운 주제가 되지 않을 수 없습니다.

휴전선

오늘도 해가 진다
입 다문 능선들
골짜기들
빈 가슴만 커지며
휴전선 155마일 해가 진다

벙어리같이
벙어리같이
소리치고 싶어라
살얼음 깔린 임진강 머리
무슨 말이 남아 있으랴
저 백마고지에도
대성산에도
향로봉 아래 녹슨 철모에도 무엇이 남아 있으랴

이토록 이 강산의 막힌 허리에
휴전선 50년이 훌쩍 갔다
애타던 사랑보다 더 날개쳐 갔다
눈보라치는 날이 있었다
미움의 대낮
누가 먼저인지 몰라
서로 맞댄 총자루 내려

차라리 펑펑 날리는 눈보라 속
파묻어야 하였다
다음해 장마철 하루 내내 뻐꾸기 소리
거기에 온통 파묻어야 하였다

그동안 모든 말은 거짓말이었다
그동안 쓰러져 간 자의 넋들 떠돌아
오로지 참다웠다

그 분단 50년이 갔다

오늘도 155마일 철조망에 해가 진다
여기 올 어느 날이 또 있다면
내 어이 각혈같이 노래하겠느냐
탓하지 말라
오늘도 묵묵히 해가 진다 차라리 기다림도 없이

—『두고 온 시』, 2002

그래서인가 나는 평화 시를 적지 않게 썼습니다. 평화 시를 시리즈로 번호를 붙여 쓰기도 했어요.

평화 3

피이스
라는 낱말에서
나는 피묻은 시체를 본다
피이스
라는 낱말에서
나는 한밤중 포탄이
작열하는 광경을 본다
크리스마스 이브의 불꽃놀이라고 환호했던가
피이스
라는 낱말에서
나는 침탈과 수탈을 본다
피이스
라는 낱말에서
석유를 본다
피이스라는 낱말에서
중앙아시아 미공군기지를 본다
우리는 다른 낱말을 찾아야겠다
누구도 쓰지 않고 있는
오래된
가장 새로운 낱말을 찾아야겠다

아니 죽은 말 산스크리트의 '샨티'를

말레시아어의

'키타'를

그 고요 평화를

그 우리 모두의 평화를

또한 한국의 아버지가 그의 아들보다

먼저 죽는 것

그 태평성대의

아침 '평화'를

–『부끄러움 가득』, 2006

중학교 2학년짜리 소년들도 세계사가 전쟁사(戰爭史)이기도 하다는 역사 상식에는 다 익숙합니다. 문학에서도 전쟁은 결코 이질적인 것이 아니며 신석기시대 이래의 거의 모든 서사(敍事)가 전쟁의 기록문학이기도 하지요.

수메르의 『길가메시』에서도 싸움 이야기가 강조되고 있고, 인도의 『마하바라타』나 『라마야나』에 이어 바로 인도의 『라마야나』를 모방한 그리스의 『일리어드』와 『오디세이』도 마찬가지입니다. 특히 호메로스의 경우 어느 만큼 염전의식(厭戰意識)을 내보이거나 전쟁의 참상을 반성적으로 조명한 부분이 있기는 해도 크게 보아 전쟁예찬을 통한 영웅의 형상화가 그의 작품의 중요한 목표였습니다. 호머는 애가(哀歌)를 쓴 것이 아니라 송가(頌歌)를 쓴 것이에요. 그 이래 여러 종족이나 민족의 원시 서사는 거의가 전쟁과 그 전쟁을 통한 영웅의 신화화(神

話化)였습니다. 이토록 문학조차도 전쟁문학으로 그 본령(本領)을 삼아 온 것입니다.

고대 동아시아에서는 진리를 뜻하는 '길(道)'이 적의 우두머리 머리를 잘라 걸어둔 상형문자였고, '나(我)'도 칼로 무장하고 있는 이미지를 보여줍니다. 니체는 노골적으로 전쟁을 찬양했는데 그것은 어떤 점에서는 정직한 것이기는 해요. 나는 니체를 사상가로서 작가로서 아주 좋아하지만 그러나 나의 애호에서 니체의 전쟁 찬양은 늘 폐기합니다.

전쟁이나 질병 그리고 자연재해는 인류의 생존환경에서 필수적이기까지 했으며, 전쟁은 인류 문명의 발달에 중요한 역할을 했습니다. 특히 20세기 이후에는 대전쟁(大戰爭), 즉 세계대전이든 그에 준하는 지역전쟁이든, 그 전쟁에서 사용되는 최신무기의 엄청난 성능에 의해서 인류가 파멸할 수 있다는 위기의식이 생기면서 더 이상의 파멸을 막아야 하는 전쟁 극복을 통한 평화의 구현이 얼마나 절실한 명제인가를 깨닫게 되었습니다. 무기제조와 무기판매는 전쟁의 발발을 부추기므로 무기를 제조해 이득을 보는 기업이나 국가는 이 세상에서 단죄되고 사라져야 함에도 불구하고 인류가 그것을 실현하는 길은 지금 요원해 보입니다.

나는『개념의 숲』에서 '전쟁'에 대해 "전쟁 없이 세계 없었다/ 전쟁 없이 세계사 없었다/ 방어전만이 성전(聖戰)이다"라고 썼습니다. 또 평화란 '전쟁의 휴식'이며, "평화란 전쟁의 산물이 아니다. 그것은 오직 평화의 산물이다"라고 정의했습니다.

나는 나폴레옹의 잔인함은 히틀러의 잔인성의 절반은 된다고 여깁니다. 그래서 프랑스에 갔을 때 프랑스 학교 교과서에서 나폴레옹에 대한 그들의 자긍심을 빼버리라고 쓴소리(苦言)한 적도 있습니다.

제 4 부

시를 꿈꾸다

1

삶은 한 편의 꿈

라민 | 작곡가들 중에는 악보를 꿈에 미리 보는 사람도 있다고 하는데요, 선생님께서는 시를 꿈꾸시기도 하시는지요?

고은 | 나는 20대 30대에도 이따금 꿈속에서 시를 썼는데 잠에서 깨어나면 그 시들을 적어두지 않고 그냥 사라지게 했어요. 실지로 꿈속에서 지은 시 가운데 10여 편 정도가 내 시집 속에 들어있는데 주로 내 나이 50세 이후 꿈속에서 지은 시들입니다. 기억하는 대로 그대로 받아 적은 시들이에요.

꿈 시

내 이야기 하나.

나는 이따금 꿈속에서 시를 쓴다.
스무 살 서른 살 이래
이제까지 꿈속에서 쓴 것
몇 편 놓고 있다.

꿈속에서 쓴 것
깨어나 몽땅 잊어버리기도 한다.

꿈 아니라
한밤중 잠 깨어
떠오른 구절
빛난 구절
그러나 아침이면 잊어버리기도 한다.

나에게 스쳐 갔을 뿐
다시 오지 않는 구절
그대

뒷날 내 삶의 부스러기 있어
집도 없이 떠돌다가
어느 누구의 낯선 마을에 들어갈 것인가.
들어가자마자 뛰쳐나와

어느 우주로 갈 것인가.
9백 광년이나
9백 광년 이상이나.

그렇다 나에게 왔다 간 구절
그 구절구절이야말로
끝끝내
시가 되어서는 안될 우주의 고아이다.
삶도 무덤도 없는.

—『네 눈동자』, 1988

그런데 그 시들은 꿈속이라는 조건 때문인지 꿈의 성질 때문인지 4행이나 5행 정도의 단시(短詩)가 대부분이에요. 꿈의 시는 생시의 시와 크기에서 차이가 난다는 걸 알았습니다.

4행의 노래

눈 뜨니 꽃 피시더라
눈 감으니 비 오시더라

살아서 새 우시더라

죽어서 눈 내리시더라

—『내 변방은 어디 갔나』, 2011

1950년대 내가 산중에 있을 때나 60년대 환속 후 제주도에서 살 때에는 다음날 도착하는 편지를 보낸 사람이나 그날 일어날 일을 꿈이 예시하는 일이 빈번했어요. 고독이야 말로 지혜의 요소이며 또 예시의 반석(磐石)입니다.

1970년대 초에는 어느 날 집을 떠난 후 20여 년 동안 보지 않았던 아버지가 꿈에 나타났는데 그날이 아버지가 세상을 떠나신 날인 것을 나중에 인편으로부터 기별 받고 알았습니다.

1990대 후반에는 내가 40일간의 히말라야 순례를 떠나 멀리 중국 오지(奧地) 타클라마칸 사막 입구 고대 망루가 있는 도성(都城)에서 하룻밤을 잤는데 그때 30대의 젊은 내 어머니가 길을 떠나는 모습을 꿈꾸었어요.

타클라마칸사막

내가 타클라마칸사막에 가는 것은
내가 열여섯 살의 꿈속에서
타클라마칸사막에 가는 것은
거기 허허망망 때문이다

내가 일흔다섯 살의 대낮에
명사도 동사도 다 두고
타클라마칸사막에 가는 것은
거기 무지무지한
허허망망의 울음 때문이다

내가 타클라마칸사막에 가고 가는 것은
세상의 욕망에
내 욕망에
더 이상 견딜 수 없기 때문이다

누구의 천년 해골
거기

—『내 변방은 어디 갔나』, 2011

나중에 귀국해서 알고 보니 그날이 어머니가 세상을 떠나신 날이었어요. 칼 융이 말하는 '동시 발생'이 나에게도 얼마쯤 해당되었습니다. 시와 삶에서 꿈이 두루 현실과 구별할 수 없게 경계가 희박함을 체험하면서 나는 꿈과 현실을 확연하게 분리시키지 않게 되었어요. 동양에서 말하는 바 현실 자체가 커다란 한 바탕의 꿈속인 것을 강조하자면 그것은 세계와 세계 현상의 은유를 넘어 실체의 지각(知覺)이 됩니다. 세계 현상은 변화 없이는 구성될 수 없는데 그것은 꿈의 변화와 덧없음과도 합치되고 있습니다.

나의 처녀작이 '폐결핵'입니다. 나는 폐결핵을 앓지도 않고 폐결핵 환자로서 시를 썼습니다. 24세 때의 일이에요. 그런데 1980년대 초 감옥에서 나온 뒤 한 지인(知人)이 마련해준 건강검진에서 내 한쪽 폐 일부가 하얗게 석회화(石灰化)된 것을 알게 되었습니다. 그러니까 내 시적 허구(虛構)가 사실로 판명된 것이에요. 그렇다면 사실에도 허구의 가능성이 있을 것입니다.

시로 다시 돌아와서 말하자면, 시야말로 현실이나 삶의 와중에서 하나의 허구이고 꿈입니다. 그리고 시 속의 과거는 자주 미래에 닿아 있습니다. 내 시는 과거에서 온 미래일 때가 있고 미래가 온 과거일 때가 있습니다. 시가 사회와 인간 내면의 동향(動向)에서 생겨나는 표현이라 하더라도 그것은 고도의 초물질적인 문법 없이는 불가능합니다. 땅의 꽃은 하늘의 별과 맞닿아 있는 것입니다. 꽃들이 맞닿아 있을 대기 또는 암흑 물질의 우주야말로 그들이 공유하는 신호체계이기도 할 것입니다.

라민 | 선생님께서는 어떤 글에서 "시인에게 꿈은 현실이며 현실은 꿈이다"라고 쓰신 적이 있습니다. 『로미오와 줄리엣』의 머큐쇼처럼 꿈꾸는 자들은 거짓말을 한다고 믿으시는지요?

고은 | 시는 현실에 갇히지 않습니다. 시는 침묵조차도 정지상태로 방치하지 않습니다. 시는 감각이나 정신 혹은 영혼의 춤입니다. 고

대 동아시아에서는 "절로 춤추고 절로 노래한다(自舞自歌)"라 해서 어떤 요구나 계획에 의해서가 아닌 비 인위적인 천연의 발로(發露)로 시의 발생을 말하고 있습니다. 가령 당시(唐詩)에 등장하는 모란은 당나라 수도 장안(長安)의 그것으로부터 특정한 장소에 갇히지 않는 보편적인 공간의 모란이 될 수 있는 것이지요. 한 편의 시는 한 편의 시로 고정되지 않고 그 의미 이상으로 다른 시를 낳는 잉태의 요소로 넘칩니다.

시는 움직입니다. 동적(動的)이에요. 그림 속의 달이 아니라 그림 속을 뛰쳐나오는 달인 것입니다.

2

시와 진실

라민 | 시가 거짓말을 할 수 있을까요? 혹은 삶에서 시는 진실에 더 가까울까요?

고은 | 시는 '사실' 자체만으로는 이루어질 수 없으므로 사실의 반대인 허구의 작용을 도입합니다. 시적 진실은 사실 개념의 한계를 벗어납니다. 거짓과 상상은 이따금 하나이지만 본디 서로의 사이는 멉니다. "어젯밤 나는 안드로메다에 다녀왔다"고 노래할 때 누가 이것을 꼭 거짓말이라 단죄할 수 있을까요?

라민 | 우리가 진실을 언어의 순수로 정의한다면, 그때 시는 진실이다, 라고 말할 수 있습니다. 왜냐하면 그 어떤 다른 인간의 영감보다 시는 삶의 진실에 가깝기 때문입니다.

고은 | 오늘날을 '진실 후(後) 시대'라고 정의한 미국의 문화평론가

의 풍문이 떠돈 지는 벌써 오래되었습니다. 사실은 고대 이후 내내 무엇이 진실인가에 대한 깊은 회의론이 있었습니다. 그리고 진실의 실체에 대한 논의도 언제나 있어 왔습니다.

열

사람이 열까지 셀 때가
제일이지.
열하나 열둘 셀 때부터
영 망해버려.

오 아침 바다의 아기여

—*『해금강』, 1991*

시는 늘 진실을 본질적인 등가물로 삼아왔어요. 시는 사실 여부의 차원을 벗어나서 자주 시적인 것과 시적 진실을 굳이 구별하지 않았습니다. 요한복음에 보면 예수가 "나는 오직 진리를 증언하려고 세상에 왔다"고 말하자 빌라도가 묻습니다. "진리가 무엇이냐?" 여기서 예수의 진리는 오직 신에 대한 것이에요. 이 진리는 우리가 말하는 진리의 일반개념은 아닐 것입니다. 오래 전에 출간된 한 책에서 나는 진실과 진리에 대해 말하면서 "나는 진리보다 진실을 지지한다" 라고 쓴 적이 있습니다. 그런데 과연 지금 이 세상에 진실이 가능하기나 할까, 하는 의문이 자주 듭니다.

우리는 지금 시인이 더 이상 진실하지 않을 수 있는 시대에 살고 있습니다. 거짓과 착오, 날조 그리고 주관의 위선과 혼란으로 에워싸인 시공(時空) 속에서 진실함이나 진정성은 무능한 노약자일지 모릅니다. 그동안 우리는 진실이라는 단어를 별다른 부담이나 유의사항 없이 써 왔어요. 특히 국가 폭력이나 침략 팽창주의가 사실 왜곡과 사실 날조로 명분을 강화할 때마다 진실을 찾는 정치적 문학적 고행(苦行)이 있어야 했지요. 정의라는 것도 진실만큼이나 폭력과 강자(强者)의 전유물이기 십상입니다.

시와 진실함이 동의어가 되기 위해서는 이 같은 내면의 난제가 요구됩니다. 그렇더라도 우리는 진실함을 맹신하지 않는 진실을 찾아야 합니다. 요컨대 진실의 누습(陋習)이 아니라 진실의 쇄신이 그것입니다. 이런 메타 진실은 오랫동안 고착된 관례로 받아들여지는 '시와 진실'을 타파할 것입니다.

니체가 "진리로 인해 몰락하지 않도록 우리에게는 예술이 있다"라고 외쳤을 때 그는 이미 '시와 진실'의 상투성과는 남남임을 선언한 것입니다. '시와 진실'을 말해오던 지난날을 떠나서, 4차 산업문명 이래, 가짜 뉴스가 실시간으로 위조되며 홍수를 이루는 세상에서 사실이나 진실이 어떻게 죽임을 당하는지를 파악한다면, 그 죽은 진실, 재가 될 진실이야말로 시가 재생시켜야 할 매혹적인 소재일 것입니다.

현대문명의 어딘가에서 진실 찾기는 표류(漂流)하고 있습니다. 시는 연가(戀歌)이고 찬가(讚歌)이기도 하지만 만가(輓歌)이기도 합니다. 그

애도(哀悼)는 끝이 아니라 다시 태어나는 '처음'을 내포합니다.

내가 1960년대에 쓴 시 '부활'은 죽은 오징어가 바닷가의 건조대 줄에 널려져 말라가고 있을 때 다시 살아나며 바다로 들어가 헤엄쳐가는 수평선의 장관을 노래하고 있습니다.

부활

동해 아득하라 하늘과 땅 그리고 사람들도 아득하라
바야흐로 동해 기슭 몇 군데에
서로 부서지면서 모인 게 껍질들아
지난밤 흰 구름의 울음 울더니
오늘 아침 해돋이 붉은 햇빛으로
저마다 뼈 속의 살과
두어 개의 눈을 얻어
모든 쓰라린 거품을 보내고
동해 기슭을 일제히 기어나가라
게들아 게들아 기어나가라
그리하여 동해 깊은 바다 밑바닥에 들어가
가장 무거운 암초들을 물어뜯어라
또한 그리하여 이른 바다는
빛나는 아픔의 물결, 진노의 물결과
서로 조각조각 사랑하는 물결로 물결쳐라

하늘과 땅 그리고 사람들도 일어나서
모든 뼈에 살이 쌓이고
떠난 넋들아 몸에 돌아오라
가을에 어린 것들과 늙은 것이 돌아가듯이 돌아오라
동해 기슭 삼척 주문진 낙산사에 널린 오징어들아
다시 눈부신 물오징어로 헤엄쳐서
너희들의 자유와 슬기의 관능으로
울릉도 독도 근해 해조음(海潮音)의 햇빛을 받아라
이 나라의 죽은 것들아
죽어서 집 없는 무주고혼(無主孤魂)들아
저마다 가엾게 살아나서
동해 기슭을 달밤의 모래알들로 사랑하고
너희들은 백의민족 인산인해의 춤으로 춤추어라
동해 아득하라 북과 쇠북아 울어라

—『부활』, 1974

3
천상의 예술

라민 | 선생님께서는 바로 이런 이유 때문에 시는 천상의 예술이다 라고 말씀하시겠습니까?

고은 | 이 고전적인 질문 자체가 답을 충분히 가지고 있습니다. 이 질문에서 의문부호를 빼면 바로 답이 됩니다. 다만 진실은 한번 정의되었다고 그것이 영원불변의 진리가 되는 것은 아닙니다. 그런 진실이나 진리는 없습니다. 변하는 것이야 말로 진리입니다. 진실은 항상 반영하고 대응하는 성찰이 있어야 살아있게 됩니다.

라민 | 시 쓰기의 일부는 역사 다시 쓰기의 과정입니다. 한국 역사의 맥락에서 이것이 선생님께 어떻게 작용하는지요? 그것은 연민의 감정인가요 혹은 비통감(悲痛感)인가요?

고은 | 특히 1970년대와 그리고 80년대까지도 나는 민족이나 민중 또는 민주주의에 대한 현실적 관심 밖에 있는 범세계나 우주에의

지향을 하나의 도피이거나 백일몽이라고 자주 내치기도 했습니다. 고대사 전공의 역사학자에게 대들어 현대사로 돌아오라고 외치기도 했어요. 현대사는 역사이기 보다 현실이라는 걸 잘 알고 있는데도 말입니다.

한반도의 오랜 황토지대에 대한 애착 때문에 한민족과 한국적인 한(恨), 역사의 미완(未完)과 정체(停滯)의 역사에 대한 연민이 아주 강했습니다.

한반도 시편

우리 한반도에서는 새가 노래한다고 말하지 않고
새가 운다고 말한다
어느 때는 노래가 울음이었고
그 어느 때는
싸잡아 울음이 노래였다
심지어는
마을마다 한두 마리 도야지까지도
꿀꿀꿀 운다고 말해야 한다
그렇기도 하겠다
막 태어난 갓난아기 시뻘건 볼기 때려
응애
응애
응애

그 첫 울음소리가
어찌 슬픔이겠느냐
허나 갓난아기가 운다고 말한다

봄이 부산떨다가 가고 있다
아직 으슬으슬
이어갈이 모내기 마친 논마다
밤새도록
몇천 마리 개구리들이 울고 있다
어떤 생각
어떤 느낌 하나 없이
오로지 그 울음소리 자체로 떠내려가고 있다
밤새도록

한여름이다
불볕 땡볕 가득히
여기서도 저기서도 울어대고 있다
매미 울음소리
그것 하나만으로도
하루가 저무는 까닭이었다
그러다가 구죽죽이 비라도 오는 날에는
비에 젖은
뻐꾸기 울음소리
뻐꾸기는 간 데 없고

그 울음소리만 빈 골짜기 가득 차 있다

어느덧 가을 귀뚜라미
달빛 시린 울음소리
달 진 뒤
그 어둠 속 새로운 울음소리
단 하나로
온 세상이 빛나고 있다
이때인가
여인아
그대만이 이 나라의 신령이던가

겨울이 왔노라고
한밤중
얼어붙은 고요
그 깊디 깊은 하늘의 우물 속에서
떨어지는 기러기 울음소리
잠들어 다 듣고 있거라
잠들지 않고 듣고 있거라

그럴진대 바다 복판 멈출 줄 모르는 노도인들
어찌 바다가 운다고 하지 않겠느냐
아니 첩첩산중인들
사내들의 잠든 깃발인들 다시 펄럭대며

어찌 바람이 운다고 하지 않겠느냐
바람이 분다고 함부로 말하지 말라

이렇게 우리는 떼지어 울어야 했다
떼지어
내놓아라
내놓아라 울부짖어
무쇠덩어리 녹여 앗 뜨거웠다
어디에 내가 있더냐
어디에 네가 있더냐
우리로서 갖가지 거짓을 물리쳐 울부짖어야 했다
천둥으로 우레로 귀청 찢어지도록 꽥가리 징소리로

허나 어찌 우리만이겠느냐
제각각 목 쉬어 돌아가면
거기 먼저 가서
고즈넉이 기다리고 있는 네가 있다
죽은 뒤에도
다시 일어서서
거기 나를 기다리고 있는 네가 있다
몇백 번이라도
짙푸른 피 뿜어대는 네가 있다

그러다가

사뭇 어리석음과 깨달음이 한 가지인 채
신새벽 쇠북이 울기 시작하면
다시 달려
나와
웅성웅성 어둠 속 우리가 되었다
어디 지난 세월뿐이겠느냐
저기 비탈져 오는 미지의 세월마저
우리가 되어야 한다면
어찌 우리가 새로운 행렬의 금빛 우리가 아니겠느냐
개구리 울음소리
대낮 매미 울음소리와 더불어
가을밤 귀뚜라미 소리와 더불어
기러기의 넋이 지나가는
그 하늘과 땅 사이의 모든 울음소리의 진공과 더불어

—『어느 기념비』, 1997

1990년대에 들어서며 나에게 나 자신의 폐쇄로부터 비약하는 정신의 반작용이 일어났고 잊고 있던 하늘을 보기 시작했습니다. 하늘이야말로 땅의 어미였습니다.

밤하늘 우러러

밤하늘이야말로 무언가 새로 태어나시는 곳인가
왜 이다지도 하늘에는 별들께오서 총총하시는가

페르시아
메소포타미아
이디오피아
그곳 늙은 동방박사들께서 지팡이 짚고 오시는 길인가

나도 덩달아서 그냥 잠들 수 없거니와

—『독도』, *1995*

'나'는 우주의 어떤 환경 체제인 중력에 의해서 그 작용과 반작용으로 존재합니다. 이 사실 때문에 나는 첫째로 지상(地上)에 감사합니다. 그러므로 시에서나 삶의 어떤 구경(究竟)에서 이루어지는 승화나 카타르시스를 천사의 승천(昇天)으로 말하지 않습니다.

이백(李白)과 하피스(Hafis) 그리고 모차르트를 하늘의 시, 하늘의 소리로 추앙하는 황홀한 예찬은 그대로 따르지만, 나의 시 세계는 또한 '하늘'이나 지상 초월의 어떤 신비도 근원적으로 '땅의 꿈'이라는 의미로 받아들이고 있습니다.

내가 처음으로 하늘의 별을 만난 것은 5세 무렵이었어요. 어머니는 새벽녘에 집을 떠나 30리 길을 걸어가면 만나는 바닷가에서 먹을 수 있는 풀을 뜯어 가지고 한밤중에야 돌아왔습니다. 어느 날 어머니를 기다리는 동안 나는 고모의 등에 업혀 하늘을 보았는데, 육안(肉眼)으로 보이는 5천 개 별 중 몇 개의 별빛이 그때 내 눈에 들어왔습니다. 내가 세계와 첫 대면한 순간이었어요.

그런데 그때 배고픈 나에게 별들은 따먹을 수 있는 열매로 보였어요. 그래서 고모더러 "저것 따줘. 저것 따줘" 하고 울었어요. 별을 밥으로 본 것입니다. 이런 내 초라한 어린 시절의 사연 때문에 굳이 오늘날의 '하늘의 예술'을 형이하학으로 강등(降等)시키고자 하는 것은 결코 아닙니다. 도리어 내 과거야말로 현재의 내 향수(鄕愁)의 경계를 넘어서고 있습니다. 말하자면 나에게 하늘이나 '천상(天上)'은 내가 상정하는 상상 속의 전생(前生)이기도 한 것이지요. 수직관계가 아닌 평행관계로서의 천지합일(天地合一) 말입니다. 천(天) 지(地) 인(人)은 고대 한국 이래 세계의 순환적 삼위일체이기도 합니다.

라민 | 선생님께서는 아리스토텔레스적 용어 의미의 시학(詩學) 예술을 믿으시는지요? 저는 사실 그보다는 선생님께서는 삶과 자연으로부터 영감을 얻고 계시다고 말하고 싶습니다.

고은 | 내 시의 근본 운율을 나는 아리스토텔레스 이래의 많은 시학과 시론들로부터 학습한 것이 아니었습니다. 1960년대 초 승려 생활을 떠나 환속한 후, 그때는 한국전쟁의 참화(慘禍)가 좀 가라앉기 시작하던 무렵인데, 나는 남쪽에 있는 제주도에 가서 3년 동안 체류했었습니다. 그때 바닷가의 절벽 밑에서 바다를 바라보며 많은 시간을 보냈습니다. 하루 종일 파도를 바라보며 앉아 있는 날도 적지 않았어

요. 한 번도 멈출 줄 모르는 파도가 밀려오고 밀려와 절벽에 온몸으로 부딪쳐 산산이 부숴지는 그 비장한 파멸을 무한히 반복하는 걸 바라보았습니다.

저 그리움 좀 봐

저 한밤중 밀물 봐
무엇이 죽고
무엇이 태어나는가
저 아침 느적이
다 핥아가버린 썰물 개펄 좀 봐
몇백만 년이나
달하
달하
못내 그리워
저 구원(久遠)의 지랄을 여태 그만두지 못하고
밀물로 오고
썰물로 가는 것 좀 봐

따라서
저 개펄 게들 게 새끼들 눈코 뜰 새 없는 그리움 바쁜 것 좀 봐

—『내 변방은 어디 갔나』, 2011

훨씬 나중에야 그 비장한 율동이 어느덧 내 시의 육친화(肉親化)된 운율이 되었다는 것을 깨달았어요. 내 시학은 이런 자연시학(自然詩學)입니다.

지상적(地上的)인 것은 항상 지상의 한계로부터 해방되는 우주 지향적인 다른 차원의 자아를 추구합니다. 하늘이나 우주와의 감응이 나의 심신을 대기의 전류(電流)로 휘어 감는 것입니다. 시베리아 샤머니즘의 강신(降神)이야말로 중앙아시아의 천산(天山)과 알타이산맥 이래 나에게도 이어지고 있는 천지일여(天地一如)의 현상일지 모릅니다. 나는 과학에도 주술이 들어있다는 것을 이따금 실감합니다.

무제 시편 21

초신성!
네가 있어야
내가 있다

초신성!
네 우연이
내 애달픈 필연이다

의미들의 고된 삶이
무의미를 갈망한다
태어나자마자

너

죽어버리자마자

너

너 초신성의 화점(華點)! 내 어느 초신성!

—『무제 시편』, 2013

4

시에 귀 기울이기

라민 | 특히 정신주의적 성향을 가지신 선생님께서는 시의 얼마만큼을 관찰하고 경청하고 들이마심으로써 '영접(迎接)하고' 있으신지요?

고은 | 이 질문은 하나의 대답으로 충분하지 않습니다. 시의 여러 상태에 따라 다른 대답이 있기 때문이에요. 어떤 시인에게는 해당될지 모르지만, 내 시의 행각(行脚)은 단일하거나 일률적이지 않습니다.

1990년대에 출간된 내 시집 『순간의 꽃』은 2행이나 몇 행의 시들로 이루어진 단시집(短詩集) 인데, 이런 단시들은 시의 구조나 서사(敍事) 전개에 대한 개고(改稿) 같은 작업은 아예 필요 없습니다. 그보다는 시간의 최소단위인 찰나의 섬광으로 발로(發露)되는 직관작용만으로 시가 완료됩니다. 대기의 소각(燒却) 행위인 번개나 번개의 소리인 우레인 것이지요. 말하자면 하루 종일 퍼붓는 비나 눈보라가 아닙니다. 단호한 정화작용(淨化作用)인 것이지요.

*

길 한복판
개 두 녀석이 붙어 있다

나는 다른 길로 접어들었다

*

부들 끝에 앉은 새끼 잠자리
온 세상이 뺑 둘러섰네

*

흰 구름 널린 하늘 아래
여기저기 바보들 있다

*

이 세상이란

여기 나비 노니는데
저기 거미집 있네

*

지난 여름 탱크가 지나간 자리에
올 가을 구절초 꽃 피어났네

*

비 맞는 풀 춤추고
비 맞는 돌 잠잔다

—『순간의 꽃』, 2001' 단시 6편

또 꿈 속에서 쓰는 시는 꿈 깨고 나면 보통은 다 지워지고 한 편 정도만 머릿속에 남아 있어 잠에서 깨어나면 그대로 적어놓을 수 있습니다.

그런데 1장당 2백 자가 들어가는 한국 원고지로 1천 5백 장 내지 2천 장 이상에 이르는 대하 서사시는 이와 정반대로 영감이나 직관보다는 아주 작은 소도구에 불과한 대규모의 플롯과 전개를 위한 열정의 인내가 긴요하게 됩니다. 그러므로 '다시 쓰기'도 있고 또는 가차없는 첨삭(添削)도 있으며 버린 것을 다시 찾아오기도 합니다. 하지만 그런 작품은 영화 대본의 콘티 같은 정밀한 기획이 전혀 없이 막연한 구상으로 진행되기도 합니다. 자동서술이 작동하는 것이지요. 어쩌면 현대 시인에게는 인류가 확산하며 지표(地表)위를 이동하는 과정에서 대대로 완만하게 계승되고 있는, 그 이동의 시련 속에 각인 된 서사의 삶이 유전자로 박혀 있을 것입니다.

정착은 어제부터였으나 그에 앞선 유목 이동은 태고의 시간이 아니던가요. 나에게도 북방의 초원과 남방의 해류를 건너온 길고 긴 이야기와 노래의 율동 혈맥이 내 심신 속에 스며 있을 것입니다. 그런 서사 본능이 바로 나를 서정시인으로만 한정하지 않고 안온한 밀실 밖의 광야의 역사를 노래하게 만드는 것인지 모릅니다. 내 방과 세상 사이에 내가 있는 곳이 내 시의 형태나 내용을 달라지게 합니다. 그런데 동아시아에서 흔히 말하는 '흥(興)'이나 '신명(神明)'이라는 예술적 충동은 내 심상 안에서 늘 점화되고 명멸합니다. 동아시아의 상형문자에서 '흥(興)'은 지신(地神)에게 술을 부으면 그 술에 취한 지신이 들썩들썩 춤추는 '땅의 춤'을 의미합니다. 시가 취흥의 소산이란 뜻도 여기서 나옵니다.

라민 | 선생님께서는 어떻게 시에 귀를 기울이시는지요?

고은 | 5백여 년 전 한국의 한 무자비한 왕조시대에 대한 저항으로 산중의 여러 절간에 떠돌던 천재 시인 김시습은 많은 시를 썼으나 남은 것이 별로 없습니다. 그는 시를 쓰자마자 그것을 흘러가는 계곡의 물에 띄워서 없앴습니다.

롤랑 바르트는 현대문학에서는 작가가 아니라 언어가 말한다고, 작가가 쓰기 시작할 때 작가의 목소리는 그 원래의 것을 잃는다, 그 비슷한 말을 한 적이 있는데요, 그것과 관련될지 모르지만 나의 경우 보통 내가 쓴 시를 기억하고 있지 않습니다. 나는 내 시에 대한 집착이 완고하지 않습니다. 단언하자면 나는 시를 쓰자마자 잊어버립니다. 시를 쓰지마자 바로 그 시를 나로부터 떠나보내기 때문이에요. 그것이 어느 독자에게로 가거나 세상 어디에든 떠내려가서 닿는 곳이 내 시의 삶이고 죽음이라고 생각하지요. 시가 나에게 올 때 나는 기쁨에 출렁이는 온몸으로 그 시를 맞이합니다. 이럴 때 나는 비종교적인, 그러니까 예술적인 의미에서 '메시아'를 영접하는 사제(司祭)가 되지요.

너에게 시가 왔느냐

가슴 열었다 허파가 나왔다 뜨끈뜨끈한 염통이 나와버렸다
숨은 천년 전의 미래
꼭꼭 숨은
천년 후의 과거
이것들이 뭉게뭉게 뭉쳐
오늘의 맨 얼굴을 만들어냈다
아지랑이 아지랑이 암컷아

발제 그리고 빈약한 토론

2000년은 20세기인가 21세기인가
2000년 첫 여름
경주 인공호수 한 켠
호텔 식당에서
나는 벚나무 사이로 물을 보고 있었다
물은 너무 많은 허위에

에워싸여 있었다

이제부터 아메리카 제국주의와 싸우기 위해서
함께 뭉치자고
피에르 부르디외가 나에게 말했다
그는 나보다 세 살 위
나보다 더 소년
나도 덩달아 소년이었다

물은 물속의 삶과 죽음들을
모르는 척하고 있었다

프랑스의 과거와
한국의 현재가 뭉쳐
오늘의 얼굴을 만들었다

오 우연의 절대
그때 통 유리창 밖으로
박새 한 마리가 날아갔다
(참새가 아니라 박새일 것이다)
내 눈길은
뜨거운 제국주의를 그냥 놔두고
그 새
그 새의 찰나에 사로잡혔다

부르디외가 물었다
지금 너에게 시가 왔느냐, 라고
(새가 지나갔으니 틀림없이 너에게 시가 왔을 것이다)

나는 창밖의 물속에서
방금 솟아올라
오래 참았던 숨을 터뜨렸다
나는 젖은 장님으로 말했다
그렇다 시가 왔다, 라고

둘은 뭉쳐 껄껄 웃었다
웃을 때
하나는 얼굴과 목주름이 너무 많았고
하나는 아예 눈이 없었다

부르디외는 그 길로 일본에 건너가
후지와라 쇼텡 주최의 기념 강연을 하고 빠리로 돌아갔다
얼마 뒤 세상 떠났다
나는 후지와라판(版) 부르디외 라이브러리 14권을
이것저것 넘겨보았다
그런 뒤
데리다와 사이드의 조사(弔辭)를 읽어 보았다

가만히 또 시가 왔다

—『부끄러움 가득』, 2006

나는 내가 시에 다가가는 것을 시가 나에게 다가오는 것으로 삼고 있습니다. 시가 오기 전 세계와 사물에 대한 나의 관찰이나 이입(移入) 그리고 대상에의 공감과 체험은 그것이 내가 대상에 발산하는 것이기도 하고 대상이 나에게 기여하는 것이기도 합니다. 대하 서사시 말고 일반적인 시는 보통 나에게 절로 오지만 나는 '계시(啓示)'라는 타율은 좋아하지 않습니다. 다만 시가 나의 시적 자장(磁場)에 올 때를 기다리는 행위도 내가 시에 다가가는 자율이라고 생각하지요.

라민 | 언어의 질감과 음색, 이미지와 침묵에 대한 선생님의 이해는 오랜 세월 시를 경청하기에서 나오는 것이라고 하시겠습니까?

고은 | 우선 나의 물리적인 청각은 아주 허약합니다. 전란 직후인 20대 초 나는 세상의 소리를 극도로 혐오했습니다. 서로 죽이는 잔혹한 학살을 보았기 때문인지 인간의 소리가 미웠습니다. 그때는 새소리조차 싫었습니다. 어떤 소리도 듣지 않으려고 청산가리를 양쪽 귀에 넣었는데, 청산가리는 고막 하나를 녹였지만 다른 한쪽은 타 들어가는 고통 때문에 내가 얼굴을 돌리는 바람에 실패했고 대신 한쪽 볼을 태워버렸어요. 1970년대 맹렬했던 반독재 운동시절, 불복종 운동을 하다가 사직 당국에 체포되었을 때 진술을 거부하자 고문을 받아 남은 한쪽 고막이 파열되었어요. 그 뒤 1980년대 초 감옥에서 귀 염증이 심

해져 군병원(軍病院)에서 의사를 불러들여 인조 고막을 달았습니다. 수술한 그 한쪽 귀의 인조 고막으로 세상의 소리를 반 정도 듣다가 지금은 그것조차 보청기에 의지해서 듣고 있습니다. 이런 점에서 내 신체 일부는 첨단기술의 기능에 의지해 살고 있는 셈이에요. 하지만 자주 아주 큰 소리를 못 듣기도 하고 아주 작은 소리도 얼핏 듣는 일이 일상적입니다.

동북아시아에서는 슬기롭다, 어질다 라는 뜻으로 '귀가 밝다' '눈이 밝다'라고 말합니다. 그런데 내 빈곤의 청각으로나마 나는 세상의 소음이나 굉음, 저 폭탄 투하의 폭음에서부터 침묵에 가까운 미세한 소리까지 또는 침묵 자체에서 찾아내는 소립자의 소리까지도 들어야 하는 시인의 필수적 청각 없이는 살 수 없습니다. 삶의 행위 가운데서 청취한 그런 소리로부터 나는 시의 어떤 가능태(可能態)를 잉태합니다.

귀

이 세상 넘어
다른 세상에서 누가 온다

밤 빗소리

누가 그 세상에 간다 꼭 만나리라

—『부끄러움 가득』, 2006

그러므로 처음부터 거꾸로입니다. 내 시의 세계가 소리에 귀의(歸依)하기보다 나에게 들어오는 세상의 소리가 내 시와 만나는 것이지요. 듣기가 보기나 냄새 맡기, 맛보기, 또는 추위와 더위 그리고 얼음과 불의 느낌이나 아픔보다 최우선이어서는 안 됩니다. 듣기가 다른 감각을 열등화 하면 듣기 자체가 불구화 됩니다.

어린 랭보가 시인들에게 감각을 좇아 끝까지 가라고 말했지요. "시인은 모든 감각들의 어마어마하고 지속적이며 의도적인 교란을 통해 자신을 선지자(先知者)로 만든다"고 말했어요.

청각을 비롯해서 모든 감각은 나를 전방위(全方位)의 세계로 나아가게 합니다. 다만 현대 세계가 듣는 것보다 말하기의 편향으로 기울어지고 있으므로 듣기의 당위(當爲)는 좀 더 절실합니다. 귀 기울인다는 신성한 행위는 시인에게는 무엇보다 귀중한 태도입니다. 세계는 오랫동안 웅변이 지배했기에 사람들은 듣는 일에 열중했습니다. 지금은 경청하기보다 귀를 닫는 일에 열중하고 있어요. 이런 때 귀야말로 종교 이상으로 시(詩)입니다.

밤비 소리

천년 전 나는 너였고
천년 후 너는 나이리라 어김 없으리라

이렇게 두 귀머거리로

너와 나

함께 귀 기울인다

밤비 소리

—『허공』, 2008

5

시—노래

라민 | 선생님께서는 어디서나 시를 쓰실 수 있으신지요? 혹은 시를 쓰시려면 어떤 공간과 고요가 필요할까요?

고은 | 1970년대에는 내 생활이 유격대적(遊擊隊的)이었어요. 그래서 필요하면 거리에서도 술집 탁자에서도 글을 썼습니다. 또한 중국의 대자보(大字報) 같은 벽시(壁詩) 운동에도 앞장서서 벽면에 즉흥의 노래를 쓰기도 했어요. 급히 원고를 받으러 온 사람을 앉혀 놓고 몇 시간씩 긴 글을 쓴 적도 있습니다.

그러나 시는 이런 격동의 사회운동이나 노도(怒濤)치는 바다 위에서도 영혼의 포효로 나올 수 있지만, 어떤 빛도 닿지 않는 심해의 암흑 속에 가라앉은 그 어마어마한 중력의 고요 속에서도 비로소 한 편의 시는 가능한 것이기도 합니다. 시를 침묵의 언어로 말하는 시론도 거기서 나오겠지요. 시장의 잡다함 속에서는 사실 시는 행방불명입니다. 어떤 교향곡의 마지막 장이 대미(大尾)를 이룬 직후의 그 무시무시한 무음 자체가 시의 시작이기도 할 것입니다.

그 폭포 소리

황제의 침전
그 구중궁궐 침전
그 침전 벽
결연한 벽화가 그려져 있었나이다
그 벽화에는
낙하하는 폭포도 그려져 있었나이다

비빈운우(妃嬪雲雨) 사절의 밤

다음 날 아침
황제 폐하께서 짜증을 내셨나이다
화원(畵員)을 불러들이셨나이다
폐하 눈살 찌푸리시며 가라사대
지지난밤에도
지난밤도
짐이 제대로 잠을 이룰 수 없었노라
왜이겠느냐
밤새도록 저 벽화 폭포 그림
폭포 소리로
짐의 옥체에 몹시 시끄러웠노라
당장
폭포 그림을 지워버리렷다

득달같이

그 폭포 그림을 싹 지워버렸나이다

다음날 폐하 숙면의 아침

기지개를 펴

상선(尙膳)한테 이르시기를

어허 간밤엔 짐이 편히 쉬었노라

그놈의 폭포 소리

나지 않아

짐의 침전의 사위(四圍) 무척 정숙하였노라

멋져

—『내 변방은 어디 갔나』, 2011

반면 먼 나그네 길의 숙소에서 나오는 시는 대체로 회한(悔恨)에 찬 몇 행(行)이거나 아포리즘 따위이기 십상입니다. 1980년대 이후 나는 거의 습관적으로 내게 익숙한 서재에서 시 작업을 이어가고 있습니다. 서재는 늘 시간 단위를 초월한 나의 길고 긴 자궁입니다. 나는 침묵을 종교 수행의 행위로부터 시의 행위로 옮겨왔습니다.

라민 | 저는 선생님의 시가 매우 발성적(發聲的)이라는 인상을 받습니다. 그래서 선생님께서 시를 쓰고 계실 때에도 자신의 시를 구어

적(口語的) 표현으로 의식하고 있으신지 알고 싶습니다.

고은 | 시는 본래 시가(詩歌)입니다. 말하자면 시는 음악의 영역이에요. 고대 동아시아에서 시는 집단행위로서의 합창과 그 합창에 어우러지는 춤의 율동을 합친 하나의 종합예술이었습니다. 그것이 제례 의식이든 하루의 노동을 마친 뒤 저녁 강가에서 이루어지는 것이든 이때 몸의 흥겨운 율동과 노랫말에 응축된 뜻과 음조(音調)는 하나의 예술공연으로 전개되었던 것이지요.

고대 이래 수많은 노동가요야말로 인류가 노동의 삶을 살아오는 동안의 필수행위로서 시가 된 것입니다. 이런 시가가 세월이 진화하면서 시와 음악으로 나뉘어지고 무용이 진작 독립하기에 이른 것이지요. 하지만 시의 본질에는 본래의 음악성, 무용성(舞踊性), 그리고 그 표현행위의 회화성(繪畵性)마저 내포되어 있습니다.

20세기 초 일제 강점기 한국의 유명한 애국자 안중근의 글에 "하루마다 책을 읽지 않으면 혀에 가시가 돋아난다"라는 경구가 있는데, 이것은 그저 책을 날마다 읽어야 한다는 것만 강조한 것이 아닙니다. 그때까지만 해도 책은 소리 내어 읽는 것이었습니다. 책 읽기는 입속의 혀가 활동하는 것입니다. 그래서 하루라도 책을 읽지 않는 날이면 혀가 굳어지고 그 굳은 혀에 가시가 돋아난다고 말한 것이지요. 물론 이것은 물리적인 현상으로만 설명할 수 없는 정신의 영역을 아우르고 있습니다.

시가 활자로 인쇄된 이래 시를 소리 내어 읽는 일은 이제 문학축제 말고는 어디서나 현저하게 줄어들었습니다. 문학제에 사람들이 모이고 시를 살아있게 하는 것은 시인들이 다양한 목소리와 몸짓으로 시를 소리 내어 읽기 때문입니다. 소리가 축제를 만드는 것이지요.

한국의 중세시대의 시 형식인 '시조'도 본디는 양반 계급의 풍류놀이에서는 창(唱)하는 성악(聲樂)에 속했습니다. 그것이 1910년대 근대 서구 시 형식을 받아들이는 과정에서 소리가 제거된 시각(視覺)의 읽는 시조로 바뀐 것이에요. 오랫동안 서정시나 서사 내용을 펼치는 구전(口伝) 설화들도 소리를 내어 가객(歌客)과 청중이 합일해 만들어내는 정신과 육신의 잔치였습니다. 바로 이런 전통이 근대 이후 거의 무력해지며 시의 묵독(默讀)이라는 내적인 행위로 바뀐 것입니다.

이제 사람들은 누구에게서도 방해 받지 않고 혼자 집중해서 시를 읽는 것에 익숙해져 있어요. 시는 더 이상 밖에서 소리로 살아있지 않고 안으로 들어간 침묵이 되었습니다. 근대시는 이런 시각 중심의 예술입니다. 말라르메의 '백지(白紙)'라는 시는 어쩌면 시가 태어나기 직전의 그 고도의 침묵을 그려내고 있는지도 모릅니다.

내 시의 '발성적' 특질을 말씀하셨는데, 그것은 당신이 바로 나의 시의 시각체제에서 시의 청각체제의 가능성을 본다는 것을 말합니다. 그리고 시각의 문어체(文語體)를 넘어 입으로 나오는 소리 언어에 대한 나의 의식 또는 무의식을 지적하고 있는 것입니다.

여기서 확인할 것은 나는 처음부터 근대 러시아 시인들처럼 시 낭송이나 발성에 더 치중하는 시 운동을 추구하지 않았다는 사실입니다. 내 시는 시각이나 청각에 대한 의식을 넘어 표현된 것이지만, 그것은 내적으로는 이미 청각 언어 발성 언어로 다성화(多声化)되어 있을 거에요. 이것은 시의 본래적인 상태와도 단절되지 않은 것이며 근대시의 회화적 시각적 정착과도 남남이 아닌 하나의 화답(和答)일 것입니다.

나는 내 시가 발성적일수록 내면의 시각(視覺)도 강화되기를 꿈꿉니다. 시는 그것이 눈을 뜰 때와 감을 때 그리고 귀를 기울일 때와 귀를 닫고 '소리를 볼 때(見聲)'가 있어야 합니다.

대승불교에서는 "세상의 소리를 본다" "소리를 보다"의 화신(化身)으로 관세음보살이 있습니다. 이 보살은 본래 페르시아의 고대의 신이었는데 그것이 인도 불교의 서북부로 건너왔고 중국을 거쳐 한국과 일본으로 왔지요. 나는 '소리를 듣는' 시와 그리고 '소리를 보는' 시를 함께 지향합니다. 이 관세음보살의 경지는 제대로 알 수 없으나 이 보살의 '소리 보기'는 실컷 받아들이고 싶습니다.

6
번역의 도전

라민 | W. H. 오든은 "진정한 책은 우리가 읽는 책이 아니라 우리를 읽는 책이다" 라고 말했습니다. 어쩌면 시 일반에 대해서도 같은 말을 할 수 있을 텐데, 특히 선생님의 시가 그럴까요?

고은 | 당신의 이 황홀한 질문에 대한 대답으로 희끄무레하게 16세기 포르투갈의 시인 까몽이즈가 한 말 "사람은 사랑할수록 사랑받는 사람이 된다"는 말이 떠오르는군요. 진정한 시 읽기, 시와 만나기란 시와 시인의 의미 사이의 경계가 지워지는 것, 작품과 독자의 상호전화(相互轉化)일 것입니다. 사실 민망해서 이제껏 내놓고 전하지 않았지만 여러 나라 시 축제에 초대받아 다니면서 "당신이 바로 시다" "당신이 하는 말 모두가 시다"라는 말을 자주 들었습니다. 나는 이런 말에 도취되기보다는 오히려 그것이 위협적이라고 생각하는 편입니다.

라민 | 선생님께서는 시를 쓰실 때 어떤 유형의 독자를 상상하십니까? 한국인들만을 위해 쓰시는지, 혹은 좀 더 보편적인 독자를 생각

하시는지요?

고은 | 시를 쓸 때 나는 어떤 유형의 독자든 전혀 상상한 적이 없습니다. 그리고 내 시가 어디에 가건 어디에 가서 썩어버리건 어디에 가서 쫓기건 그것을 그 시의 운명으로 삼고 있습니다. 나는 시를 쓰자마자 그 시를 두고 떠나버리는 편입니다. 혹은 시가 나를 떠나는 것인지도 모릅니다. 그러나 그 시가 날아간 곳에서 살아남는다면 그것은 그 시의 운명이겠지요.

나에게는 날마다 많은 시들이 다가와 써주기를 기다리고 있습니다.

백색의 노래

한 생애는
다른 생애를 꿈꾼다
늦봄 하얀 배꽃들 설레며
달을 기다린다
한 생애는
다른 생애를 닮는다
여름밤 메밀꽃 밭
달을 기다린다
한 생애는
다른 생애를 파묻는다
겨울이다

어제 펑펑 내린 눈들
온몸으로 달을 기다린다

돌멩이를 던진다
돌멩이는 눈 속에 파묻혀
다른 생애를 시작한다

이윽고 달 떴다

—『늦은 노래』, 2002

독자를 상정하지 않는 세계가 내 유전(流轉)의 세계입니다. 내 마음은 순환의 흐름 속에 있는 한 부락(部落)입니다.

라민 | 저는 선생님 시를 영어 번역으로 읽었습니다. 한국어로 읽은 적이 없는데, 때로는 번역시만 읽어도 상당히 많은 걸 얻을 수 있다는 인상을 받았습니다. 이건 어려운 질문입니다만, 시인이 시인으로 존재하기 위해서는 섬처럼 배타적이고 자기 몰두적인 문학적 우주에서 거주하는 것이 필요할까요?

고은 | 오래전부터 나는 시는 타고나길 두 개의 길을 갖고 있다고 생각했습니다. 하나는 어머니의 땅에서 어머니의 젖을 먹으며 배운 어머니의 말, 조상의 말로 이루어진 시가 내 부족(部族)과 내 조국의 땅에서 사랑받는 축복입니다. 또 하나는, 그 이상으로 내 시가 자유자재로

세상의 여러 곳으로 나가 그곳의 신성한 말들을 통해서 다시 태어나 그곳에서 나그네 노래로서 환영받는 영광입니다. 시는 태어나 태어난 곳에서 머물기도 하고 또는 멀리 떠나기도 하는 것입니다. 아이가 태어나면 방안에 있다가 마당으로 나가고 나중에는 이웃집으로 가고 싶어하는 것과 같지요. 그런데 시가 다른 언어로 번역되었을 때 원어(原語)의 여러 언어적 감수성이나 중층적(重層的) 뜻이 많이 사라지거나 그 뜻이나 어감 등이 조금씩 또는 전혀 다르게 바뀌는 것은 불가피합니다. 번역의 여러 단계를 건너가는 동안 시가 많은 실체를 잃게 되는 것은 자연스럽습니다. 다른 땅에 뼈대만 남아 도착한 뒤 사라져서 보이지 않게 된 섬세한 언어의 결 그리고 숨어버린 시적 구조는 물론 시의 육체 전체를 본능적으로 상상할 수 있게 만드는 힘이 들어있다면 그 시는 좋은 시일지 모릅니다. 번역이라는 난관도 이겨내는 힘이 있을 때만 그 시는 지구상의 여러 곳에 가서 살아남을 수 있을 테지요.

나의 시가 아프리카의 한 부족에게로 가서 그 부족어로 읽히고, 고난받는 쿠르드족의 쿠르드어로도 번역되어 그곳에 가 있는 것을 생각하면 가만히 옷깃을 여미지 않을 수 없습니다. 내가 알기로 현재 내 시는 약 30여개 동서양 언어로 번역되어 현지를 떠다니고 있습니다. 물론 어느 섬, 어떤 정신의 섬 안에서 고립의 무위(無爲)로 만들어진 시 쓰기의 환경은 듣기에 퍽이나 매혹입니다. 그것이 필요한 시인들도 있을 것입니다. 하지만 그것은 나의 시작(詩作)의 환경과는 아무 상관이 없습니다. 나는 한때 시끌벅적한 술집에서도 많은 시를 썼습니다.

내가 시를 쓰면서 섬에 갇혀 있다는 걸 안다면 나는 아마도 바로 뗏목을 타거나 갈대로 배를 엮어 타고 그 섬을 떠날 것입니다. 인도의 달마가 남중국을 탈출하여 북중국으로 갈 때 갈대배를 탔던 것이 문득 떠오는군요.

나에게는 시가 나올 때가 시 쓰기의 최적의 환경입니다.

나는 칠보시를 쓰지 않으리라

일곱 걸음 걷는 동안
시 한 편 나오지 않으면
네 목을 치리라던
그 사천왕 같은 깡패 두목 앞에서
나는 일곱 걸음 걷는 동안
시 한 편 짓지 않고
아나 여기 있다 하고
그냥 내 목을 내어주리라
어서 치라고
어서 쳐
내 잘린 목 떨어져나가
떼굴떼굴 굴러가리라

그런 뒤
세상에는 별 까닭도 없이 뜬소문의 시 한 편 흉흉히 떠돌아다니리라

—『허공』, 2008

라민 | 시 번역에 대한 선생님의 입장은 무엇인지요? 외국 시인의 시를 한국어로 번역하려고 하신 적이 있으신지요?

고은 | 젊은 시절 나는 고대 중국의 남부 출신인 굴원(屈原)의 『초사(楚辭)』를 번역한 적이 있고 이백(李白)과 두보(杜甫)의 시를 번역하기도 했습니다. 번역은 그뿐입니다. 어린 시절 배운 한자 덕택으로 또 승려 시절 읽은 한자 경전을 통해 그런 일이 가능했어요. 출판사를 차린 절친한 친구와 함께 '세계시인선'을 기획하는 단계에서 그 시집들의 번역을 내가 맡았지요. 그 후 더 이상 그런 번역 작업은 나의 역할이 아니었습니다. 나는 원작자로 살아야 할 운명이었기 때문입니다.

세계의 모든 동서고금의 시를 포함한 문화유산은 다른 언어로 번역됨으로써 이 세계는 하나의 보편 세계, 지구마을을 완성합니다. 번역 없이는 문화와 문명만이 아니라 생존 자체가 불가능합니다. 문화란 결코 순혈(純血)이 아닌 혼혈(混血)입니다. 하지만 나는 번역의 의미를 단순 언어번역의 의미 이상으로 확대하고 있습니다.

내 시는 우주와 자연과 인류의 율동을 나의 언어로 번역한 것이라고 나는 생각합니다. 번역이야말로 창조 의미의 본령(本領)을 보여주는지 모릅니다. 우리가 만나는 동서고금 인류의 모든 예술 행위는 자연모방이거나 자연의 해석과 번역 행위인 것이지요. 그것은 자연선택인 것입니다.

나는 석가와 다윈에게서 건전한 시의 출발을 배웁니다.

제 5 부

죽음과 운명

1
명상으로서의 시

라민 | 선생님께 시가 정신적 명상 같은 것이라면, 선생님께서는 시 쓰기는 절대 고립의 장소에서 이루어져야 한다고 믿지 않으실까, 하고 생각합니다.

고은 | 시 쓰기는 도시의 소음 속에서나 금융가의 도심 또는 전투 중에는 사실상 거의 불가능합니다. 그런 상황을 노래한다 해도 시상(詩想)이 한 편의 시로 내려앉기 위해서는 일정한 고립이나 창조적 여과 과정이 있어야 할 것입니다.

브레히트가 숲 언저리의 쓸쓸한 오두막의 굴뚝에서 연기가 피어오르는 풍경을 노래하며 만약 그 연기가 없었다면 얼마나 황량한 풍경이겠는가 하고 노래했습니다. 나는 차라리 어쩌면 연기가 아직 피어오르기 전의 적막한 상태가 시인에게 시가 오게 하는 힘이 아닐까 하는 생각도 합니다.

고독은 삶에서나 예술에서 아주 중요한 필수입니다. 사색과 혼자만의 추구 역시 시와 사상 그리고 발견의 생리(生理)입니다.

두고 온 시

그럴 수 있다면 정녕 그럴 수만 있다면
갓난아기로 돌아가
어머니의 자궁 속으로부터
다시 시작하고 싶을 때가 왜 없으리.
삶은 저 혼자서
늘 다음의 파도 소리를 들어야 한다.

그렇다고 가던 길 돌아서지 말아야겠지.
그동안 떠돈 세월의 조각들
여기저기
빨래처럼 펄럭이누나.

가난할 때는 눈물마저 모자랐다.

어느 밤은
사위어가는 화톳불에 추운 등 쪼이다가
허허롭게 돌아서서 가슴 쪼였다.
또 어느 밤은
그저 어둠 속 온몸 다 얼어들며 덜덜덜 떨었다.

수많은 내일들 오늘이 될 때마다
나는 곧잘 뒷자리의 손님이었다.

저물녘 산들은 첩첩하고
가야 할 길
온 길보다 아득하더라.

바람 불더라.
바람 불더라.

슬픔은 끝까지 팔고 사는 것이 아닐진대
저만치
등불 하나
그렇게 슬퍼하라

두고 온 것 무엇이 있으리요만
무엇인가
두고 온 듯
머물던 자리를 어서어서 털고 일어선다.
물안개 걷히는 서해안 태안반도 끄트머리 쯤인가.

그것이 어느 시절 울부짖던 넋인가 시인가

—『두고 온 시』, 2002

그런데 나에게 시는 단일하지 않고 여럿으로 표현됩니다. 한국의 전근대 정서에만 충실한 적도 없으며 고대 불교의 설화적인 세계에만 기울어진 적도 없습니다. 아주 혼란스럽기까지 한 근·현대 한국의 복잡한 삶의 관계망에만 내 시의 의미를 조준하지도 않았습니다. 또한 내 젊은 날의 종교 체험의 윤곽을 아우르는 명상적인 자기 조명(照明)이나 영적 추구와 같은 1인기(一人技)의 마음으로 귀의(歸依)하는 일관된 시적 태도 또한 내 시작(詩作)의 특기로 삼고 싶지 않습니다.

한동안 사람보다 사람이 있는 장소나 시대에 사로잡힐 때마다 나는 그 공간에 대한 탐사나 시대에의 추체험(追體驗)의 매혹에 빠졌습니다. 그러다가 그 시공간 안의 사람의 운명에 관심이 기울어지면서 사람의 얼굴과 그림자, 그들의 삶과 죽음에 더 많은 내 정신의 반사(反射)가 있게 되었습니다.

하지만 나는 시인은 어제의 시로부터 자유롭다는 것을 내 지향으로 삼습니다. 휠덜린이 "시인은 제비처럼 자유롭다"고 말한 것이 떠오릅니다. 그러나 그런 자유가 과연 진정한 자유인지는, 그런 자유라는 것이 있는지는 이따금 의심하지요. 자유 자체야말로 또 하나의 규범이나 규제가 아닐까 하고 생각하기 때문입니다.

사랑(愛)

소유에의 장님. 헌신에의 장님. 이 두 장님만이 사랑을 완성한다.

예술

종교의 장식물이었다.

지금은 상업의 장식물이다.

그러나 그 이전과 그 이후의 예술 없이 인간은 없다.

언어

언어는 행위다.

그 밖의 수작으로 언어를 말하지 말라.

자유

자유에는 시인이 필요 없다.

자유를 위해서 싸운 적이 없는 인간에게는 일생이 없다.

문학

인간과 사회의 총화로서의 형상물.

그것 없이 살 수 있었다

그것 없이 살 수 없었다

그것 없이 살 수 있다

이것이 문학사이다

문학은 문학사의 울안에 있지 않다.

—『개념의 숲』, 2009'에서 단어에 대한 정의 5편

1950년대 한국의 집 없는 시인으로 절에서 기거했던 비승비속(非僧非俗)의 시인 공초는 "자유가 나를 구속한다"고 설파한 적이 있습니다.

자유는 강조하면 할수록 통제이념으로 고착될 여지도 있습니다. 나는 늘 자유나 부자유의 경계 자체가 사라진 시적 자유를 꿈꿉니다.

소년의 노래

저 바다가
저토록 날이 날마다
조상도 없이 물결치고 있는 것은
오래
하늘이 되고 싶기 때문이리라
그렇지 않고서야

저 하늘이
저토록 어리석은 듯 밤낮으로
구름을 일으키고
구름을 지워버리고 하는 것은
바다에 내려오고 싶기 때문이리라
그렇지 않고서야

내가 빈 병같이 나만으로 살 수 없는 것은
내 살붙이만으로 살 수 없는 것은
내가 단 한 번만이라도 남이 되어보고 싶기 때문이리라
그렇지 않고서야

나 하나 에워싼
이 세상의 수많은 남들을 모르는 무지를 살 수밖에 없으리라

사람들이여 소년에게 놀라라 소년의 노래에 놀라라

—『두고 온 시』, 2002

더 나아가 나는 로맨티시즘과 리얼리즘의 차이조차 궁극적으로 지워버립니다. 첨단기술과 원시 주술의 차이도 없애고 싶습니다. 오늘은 내가 영적인 고립 속에 묻혀서 언어 이후의 침묵의 율동 속에 잠겨 있을지라도 내일은 오늘과는 전혀 다를 것입니다. 대지를 편력하거나, 날게 쳐 오르며 비상하거나, 또는 나 자신의 시간을 폐기한 채 사회적 시간에 좌우되는 삶의 여러 수동형태의 정서를 노래할 수도 있습니다.

나는 모든 것으로의 유혹에 내가 사로잡히도록 나 자신을 방사(放射)하는 편입니다.

2

시(詩)가 시(詩)를 만든다

라민 | 선생님께서 참석하셨던 몇몇 시 비에날레에서 말씀하셨던 것처럼 다른 시인이나 작가, 예술가들을 만나는 것은 도움이 되고 심지어 필요하다고까지 생각하시는지요?

고은 | 시는 한 골짝에서만 홀로 부르는 나 혼자의 콧노래가 아닙니다. 나는 크거나 작은 우주현상에 항상 닿아있는 한 티끌입니다. 그래서 내 티끌의 노래는 어디서나 우주의 현(弦)을 진동시키지요. 비록 그 진동이 진동일 수도 없는 극미(極微)의 상태일지라도 말입니다.

서로 다른 언어로 시를 쓰는 여러 나라에서 온 시인들과의 교감은 내 세계인식에서나 언어의 다른 차원을 추구하는 데에도 일정한 흥분과 자극을 줍니다.

어떤 기쁨

지금 내가 생각하고 있는 것은
세계의 어디선가
누가 생각했던 것
울지 마라

지금 내가 생각하고 있는 것은
세계의 어디선가
누가 생각하고 있는 것
울지 마라

지금 내가 생각하고 있는 것은
세계의 어디선가
누가 막 생각하려는 것
울지 마라

얼마나 기쁜 일인가
이 세계에서
이 세계의 어디에서
나는 수많은 나로 이루어졌다
얼마나 기쁜 일인가
나는 수많은 남과 남으로 이루어졌다

울지 마라

—『아직 가지 않은 길』, 1993

다른 나라에서 온 시인을 만날 때 그 만남은 그 시인의 모국어와 그 모국어로 쓴 작품만이 아니라 그의 나라의 오랜 역사와 문화의 발전과 변모의 흔적이 복합적으로 새겨진 한 세계와의 만남이 됩니다. 여러 나라에서 온 시인들과의 만남은 언제나 눈부신 총천연색의 감동을 내게 선사하지요.

나에게는 다른 나라의 시인들을 통해 세계를 새롭게 인식하는 행복이 있습니다. 나는 그들의 조국의 역사만이 아니고 그들을 키운 자연, 정신과 영혼의 사회도 깊이 들여다 보고 싶은 강한 욕망을 갖게 됩니다. 그들과의 만남을 통해 그들의 나라와 사회는 나에게 갑자기 가깝게 다가오고, 나는 시적 상상만이 아니고 현실적 탐구의 충동도 갖게 되면서 나의 세계가 세계의 크기로 팽창하는 걸 느끼기도 합니다. 조금만 깊이 들여다보면 고통과 슬픔의 역사를 갖지 않은 나라가 없는데 그 사실만으로도 우리는 시를 통한 필연적인 연대(連帶)를 상정하지 않을 수 없습니다.

한국의 한 도시에서 내가 국제 시 축제의 조직위원장의 역할을 맡은 적이 있는데 그때 여러 나라에서 온 시인들의 다양성과의 만남은 황홀한 경험이었습니다. 그들 시인들과 며칠 동안 함께 밥을 먹고 시를 읽고 짧은 여행을 하는 것은 우리들의 마음 심장의 일이었고 거기서 진지한 우애(友愛)가 꽃피어난 일을 잊을 수 없습니다.

나는 한국에 온 알렌 긴즈버그와 둘이 공동 시 낭독회를 한 적이 있는데, 그때 알렌 긴즈버그를 배척하는 미국의 보수적 사회 분위기가 그를 금기의 대상으로 삼는 것도 알게 되었어요. 또한 그의 자유로운 나심(裸心)이야말로 시인의 순수성에서 용솟음치는 것임을 알게 되었지요. 그와의 시 낭송은 그후 '비트 제너래이션'의 여러 시인들, 가령 개리 스나이더나 마이클 먹클루어 그리고 그들보다 젊은 세대의 시인들과의 만남으로 이어졌습니다. 나는 미국 동부의 한 대학에서 강연을 마친 후 뉴욕에서 알렌 긴즈버그를 만난 적이 있는데 그때 그는 나더러 바로 한국으로 돌아가지 말고 캘리포니아에 가서 개리 스나이더를 꼭 만나라고 했어요. 그러나 나는 일정이 있어 바로 한국으로 돌아와야 했지요. 하지만 그 뒤 내가 시행사 초청을 받아 캘리포니아에 갔을 때 그때까지 만난 적이 없던 개리 스나이더가 일부러 거주지인 산에서 내려와 버클리 시내에서 내 시를 영어로 읽어주면서 둘 사이에 우정의 기회가 왔습니다. 그때 내가 세상을 떠난 알렌 긴즈버그가 당신을 꼭 만나라고 했는데 이제야 만나게 되었다고 하자 개리 역시 알렌한테서 한국의 고은을 꼭 만나보라는 말을 들었노라고 전해주었어요. 우리 둘은 죽은 시인을 통해서 드디어 만남을 이루게 되었지요. 우리는 죽은 시인의 마음과 아직 죽지 않은 두 시인의 마음인 세 시인의 마음이 함께 여기에 있다고 말하며 즐거운 시간을 보냈습니다.

공교롭게 알렌 긴즈버그는 티벳 불교 쪽이고 스나이더는 일본 임제종(臨濟宗)이고 나는 지난날 한국 조계종 선종에 속해 있었어요. 또 이 세 시인은 1930년생, 1931년생 그리고 1933년생으로 자연 연령조차 동시대 동인(同人)이었어요. 이런 만남에서 나는 운명을 발견하게 됩니다.

라민 | 시 축제에서 시인 친구들을 사귀는 것은 선생님께 중요한가요? 국제 시 행사에서 시인들이 만날 때 그들의 우정에 대해 어떻게 생각하시는지요?

고은 | 나는 지금까지 국제 시 축제에 아마도 100여 회 정도 초대받아 참석해 왔을 거에요. 60세가 넘어 민간정부(民間政府)가 들어서면서 처음으로 정식 여권을 발급받았는데, 그러자, 우연인 듯 필연인 듯, 전 세계에서 초청장이 오기 시작했습니다. 얼마 동안은 일 년에 10여 회의 초청을 받기도 했는데 보통은 3-4개 정도의 초청에 응했습니다.

노래 섬

내 고향 앞바다에는
아주 궁금하게
여기저기 섬들이 잠겨 있습니다
그 가운데 자그마하게
노래 섬이 잠겨 있습니다

서해 난바다 큰바람이 닥쳐오면
으레 그 섬 둘레에서는
어김없이
노랫소리가 들렸습니다

먼 예로부터
큰 바람에 죽은 고기잡이 혼령들이
큰 바람 때마다 어김없이 나와
부르는 노래였습니다
며칠이고 밤낮으로 부르는 노래였습니다

그럼 섬을 바라보며
자라난 나에게도
황공하올 혼령이 늘어붙어
오늘에 이르도록 노래하는 떠돌이가 되었습니다

그동안 간혹 숙연한 세월임에도
어설프게
어설프게만 노래하는 떠돌이가 되었습니다

—『속삭임』, 1998

처음으로 국제 시 축제에 초대받아 나갔을 때는, 군부 시절 내 저서가 번역 금서 목록에 올라 있었던 탓에, 번역된 시가 거의 없어 읽을 시가 없을 정도였어요. 그러다가 1990년대 중반 후반부터 차츰 내 작품의 번역이 활발하게 이루어지기 시작했고, 지금은 약 30여 개 국어로 80여 종의 번역서가 있는 걸로 압니다.

물론 문학 축제의 분위기상 내밀한 친교나 정교한 우애의 미학적 관계를 이루기는 어렵습니다.

그러나 나는 근원적으로는, 생명현상의 차원이건 인류사회의 차원이건, 존재보다 관계가 선행한다고 믿습니다. 태초의 단세포가 다세포로 극적인 진화를 이룬 것 자체가 관계의 행위였습니다. 시인들과의 친교가 이루어지면 궁극적으로 '나'는 '우리'의 다음이 됩니다. 내가 있고 나서 우리가 있는 것이 아니라 우리 속에서 내가 하나하나 태어나는 것이지요. 그럴 때 내가 늘 주장하는 것이지만 나의 시는 궁극적으로 다른 시들 속에서만 나의 시로 가능하게 됩니다.

문학의 이름으로 만나는 행사는 비즈니스의 만남보다는 친교의 의미가 훨씬 더 큽니다. 문학축제에서 이루어지는 우정은 삶의 경지를 승화시키는 힘이 있어요. 괴테가 휠덜린을 시의 대상으로 삼은 경우도 있지만, 우리는 고대 중국에서 10년 연상의 이백과 두보가 이룬 우정을 보게 되는데 두보가 이백을 멀리 그리워하는 갈망의 시학은 찬란한 바 있습니다.

시로 하여금 시와 우정의 동의어를 만들어내는 것은 어느 시대에나 삶의 숭고성을 실감케 합니다.

3

소셜 미디어 시대의 시

라민 | 다른 시인들이 선생님의 시를 읽고 어떻게 생각하는 지가 선생님께는 아주 중요할까요?

고은 | 다른 시인들이 내 시를 읽고 평가할 때 나는 늘 부끄럽고 그 자리에서 부재자가 되고 싶습니다. 하지만 그런 평가에 좌우되는 소년의 순수성은 무척 소중하다고 믿습니다. 보통은 내 시를 칭찬하는 말에 나는 어린아이처럼 기뻐하는 편이에요. 혹 비판적인 평가일 경우라도 그것이 내 마음에 반영되는 경우는 거의 없습니다.

나는 다른 시인들이 나의 시에 공감하는 그만큼 타인의 시에 대해 공감하는 태도를 배우고 싶습니다.

라민 | 선생님께서는 늘 자신의 시적 본능을 따르십니까?

고은 | 내 의식(意識)에는 시적 충동의 여러 요소들이 충만할 때가 많습니다. 그것은 자주 지나쳐서 범람 상태로 되기도 합니다. 그런가

하면 얼마 동안은 내 가슴이 적막한 변방(邊方)의 풍경이 되어 시각(視覺)이 잠들고 청각이 두절되기도 합니다. 때로는 이런 때의 공허에 나는 한없이 머물고 싶기도 합니다. 공허야말로 만원(万員)의 공간에 대칭(對稱)합니다. 그래서 '텅 빈 가득함'이나 '가득한 무(無)'라는 모순어법(矛盾語法)은 가끔 내 관념이 됩니다.

라민 | 선생님께서는 지금의 이 '소셜 미디어' 시대에 시가 길거리 사람들에게 현실적이며 지속적인 가치를 가질 수 있다고 생각하시는지요?

고은 | 나는 이 질문에 절망을 숨길 수 없습니다. 당신이 아주 온건하게 '소셜 미디어 시대'라 한 우리 동시대는 한 마디로 '총(總))시대'의 토탈리즘으로 넘치고 있습니다. 매체가 사회를 지배하고, 사회가 매체에 의해서 급변하며 다른 모습으로 만들어지기도 합니다.

좀 가혹하게 말하면 전환기라는 것이 역사적이 아니고 비역사적입니다. 그토록 우리의 일상의 삶은 전속력의 변화에 노출되고 있습니다. 그런데 이 미디어의 특징은 그것이 자주 폭력을 앞세우는 위력을 가지고 있다는 점이에요. 이 폭력은 일정한 미디어 체제의 산물일 뿐 아니라 사회 전반의 임의(任意)들의 난무(亂舞)가 증오나 질서 등의 모래폭풍이 되게 하기도 합니다.

제도(制度)와 사회심리가 함께 인류의 성악설(性惡說)을 유감없이 발휘하고 있는 것입니다. 진리라는 것은 본디 가변적(可變的)이지만, 진실은 이런 미디어의 남발 속에서 매장된 지 오래되었습니다. 진실함이라는 보편적 가치는 지금 거의 절반은 실효(失效) 상태인 것처럼 보입니다. 가짜와 복제(複製)는 언어문자에서만이 아니라 인간의 실존이나 사회 전반에 걸쳐 강력한 정치적 영향력을 행사하고 있습니다.

괴테가 자서전의 제목을 『시와 진실』이라고 명명했을 때 그 '시'와 '진실'은 등가적(等價的)인 일치로서 시는 곧 진실의 형식이었습니다. 시의 핵심은 진실이라는 계몽적인 정의는 이제 전혀 들어맞지 않는 듯이 보입니다. 시는 지금 일종의 반사회적인 질병이나 소수자들만의 넋두리로 남겨진 상태인지도 모릅니다.

나는 저 19세기 말과 20세기 전반의 시적 황금기나 고대 시가가 장기간에 걸쳐 군림했던 영광의 시대에 살았던 시인이 아닙니다.

나는 시 자체가 해체되고 시의 행방이 사회 변두리에서 세상의 무관심이 되기 십상인 사회에서 내 시인의 존재 이유를 찾는 역설을 감당하고 싶습니다. 내가 태어날 무렵부터 서구에서말하기 시작한 '시의 죽음'이라는 예언적인 메시지조차 이제는 자취를 감추었습니다.

나는 시의 영광을 위해서 사는 시인이 아니라 시의 소외와 시의 사멸(死滅)을 위해서 시의 끝에 나 자신을 존재시키는 시인이고 싶습니다. 다만 나는 이런 시의 쇠망(衰亡) 이후 반드시 우주 순환의 궤적 가운데서 시의 발흥이 있게 될 것을 점치고 있습니다.

진실과 거짓이 뒤섞여서 우리를 혼란케 하는 이 막강한 소셜 미디어 시대 이후 어떤 문명의 폐허로부터 그 시적인 유아(乳兒)가 태어나는 것은 필연도 우연도 아닌 천연의 작용일 것입니다.

악

인간의 영원한 주제이다.

오늘 인간은 너무 많이 악을 모방하고 있다.

매스 미디어

정신의 시대는 끝났도다!

물질주의

철학으로서의 물질은 향기롭다

이념으로서의 물질은 경건하다

유물론은 물질주의가 아니라 정신주의다

자본주의의 바다에서 물질의 조류가 활동한다.

—『개념의 숲』, 2009'에서 단어에 대한 정의 3편

별들의 중력이 일으키는 작용과 반작용에 의해서 폐허는 폐허의 율동을 낳고 그것은 마침내 우주의 율동을 축약합니다. 예로부터 동양에서는 우주와 나의 일여(一如)를 말하고 있는데 그것은 옳습니다. 지금 아무리 시가 없어진다고 말해도 시는 교향악 대신 실내악의 규모로 또는 아주 작은 한 가정의 단독 연주로 꾸준히 이어질 것이라고 생각합니다. 사실 1920년대 릴케의 시 행각도 불과 5, 6인으로 이루어진 저녁 모임에서 시 낭독을 하는 것이 고작이었습니다.

내가 2000년대 중반 미국 동부 뉴저지에서 열린 '제랄딘 R. 다지 국제 시 페스티벌'에 초대받아 가서 2천 명의 청중 앞에서 시를 낭독하고 시를 말했던 일은 앞으로는 가능하지 않을지 모릅니다. 시의 바다는 사해(死海)가 아닙니다. 시는 실컷 굶주린 후에야 다시 시를 찾을 것입니다. 그러므로 나는 시에 관한 한 절망을 희망으로 대치합니다.

사실 현대생활은 영상(映像)의 절대적 권력으로 통제되고 있습니다. 실시간으로 방영되는 너무 많고 너무 잦은 광고와 연예 및 스포츠로 우리 삶의 상당 부분이 혼란스럽고 파편화되고 있습니다. 또한 초대형화만 살고 구멍가게와 소품(小品)의 시(詩)는 행방불명입니다.

그럼에도 불구하고 인간 본성의 근저에는 시의 향토(鄕土)가 있습니다. 그 향토는 문명의 변동과 함께 소생합니다.

4
내일의 시인

라민 | 언어 솟아내기는 (인터넷 언어 같은) 소셜 미디어의 결과물인데, 그것은 시 전반에 문제가 되겠습니까?

고은 | 그럴 수도 있어요. 하지만 시는 그런 변수(變數)에 대해서 시 자체의 본질적 내성(耐性)을 가집니다. 이른바 일차(一次) 언어인 사회언어와 이차 언어인 시 언어는 본래부터 서로 다른 차원으로 하나의 총화 기능을 맡아왔습니다.

시장의 언어와 생활의 언어가 시 언어로 이입하는 것은 극히 이례적입니다. 그것은 전적으로 시인의 언어 해방의 경지에서만 가능한 것이지요.

라민 | 처음부터 선생님의 시와 내내 함께하며 선생님의 초기 작품들에 각별한 애정을 갖고 있는 독자들을 알고 계시는지요?

고은 | 내가 알기로는 일부 열렬 독자들이 있습니다. 초기 시집을

비롯해 내 저서 수십 권을 가지고 있다고 내게 말해주기도 하고, 또 1990년대 2권으로 나온 내 시전집이나 2000년대 초 한정판으로 출간된 내 38권짜리 전집을 가진 독자들도 있습니다. 그러나 현대 한국 시인 수만 명 가운데서 내 시만 오랫동안 읽고 있는 독자가 있다면 그건 매우 과분한 일이며 좀 부자연스럽다고 느끼기도 합니다.

돌출적이고 비문법적이고 의외적인 감수성을 보여준다는 내 초기 시를 좋아하는 독자들이나 평론가들이 적지 않은 것으로 압니다. 내 아내도 내 초기 시를 읽었을 때의 그 신선했던 충격을 자주 말합니다.

폐결핵

1

누님이 와서 이마 맡에 앉고
외로운 파스·하이드라지드 병甁 속에
가라앉은 정서를 보고 있다.
뜨락의 목련이 욪처럼 쪼개지고 있다.
한 번의 긴 숨이 창 너머로 삭아 가 버린다.
오늘, 긴 하루의 오후에도
늑골에서 두근거리는 신이
어딘지 모를 머나먼 곳으로 간다.
지금은 거울에 담겨진 기도와
소름들이 다 말라버린 얼굴
모든 것은 이렇게 두려웁고나

기침은 누님의 간음
한 겨를의 실크 빛 연애에도
나의 시달리는 홑이불의 일요일을
누님이 그렇게 보고 있다.
언제나 오는 것은 없고 떠나는 것뿐이다.
누님이 치마 끝을 매만지며
화장 얼굴의 땀을 닦아 내린다.

2

형수는 형의 이야기를 해준다.
형수의 묵은 젖을 빨며
고향의 병풍 아래에 파묻힌다.
그네보다 먼저 아는 형의 반생애
나는 차라리 모르는 척하고 눈을 감는다.
항상 기 아래 있는 영웅이 떠오르며
그 영웅이 잠드는 미인이 떠오르며
형수에게 넓은 농지에 대하여 모르는 척한다.
내가 꿈꾸는 것을 누가 이을까.
쓸쓸하게 고개에 녹아가는
눈 허리의 명암을 씻고 그네는 나를 본다.
작은 카나리아 핏방울을 혀에 그을리며
자고 싶도록 밤이 간다.
내가 자는 것만이 사는 것이다.
그리고 형의 생전을 잊어야 한다.

얼마나 많은 끝이 또 하나 지나는가.

형수는 밤의 부엌 램프를

내 기침 소리에 맡기고 간다.

—『피안감성』, 1960

나의 시적 감수성이 당시 시인들의 좀 심심했던 시들 가운데서 '우뚝했다'고 한 평론가가 한 일간지 인터뷰에서 말한 적이 있는데, 아마도 그런 것 때문에 내 초기 시에 집착하는 독자들이 있을 것입니다.

하지만 시인은 시인으로 사는 동안 어제의 시인으로 머물지 않고 내일의 시인으로 다른 시인이 되기도 합니다. 나도 일정한 또는 급진적인 변모를 거듭해 왔을 것입니다.

나의 시

1950년대 그 폐허 영년(零年)의 시절

하염없는 떠돌이였던 나에게는

전쟁 이후 여기저기 남겨진 마침표가

뜻밖에도 구원이었습니다

한 마디 말끝의 검은 점의 거룩함으로

그 뒤에 이어지는 말들이 이따금 반짝였습니다

그래서 나는 나의 시에 마침표를 자꾸만 찍고 싶었습니다

1970년대에 들어서면
나의 시는 강물 기슭의 맴도는 물인 듯이
먼 길 앞에서 주저하다가
얼떨결에
강물 한복판으로 나아가 흘러갔습니다
그러는 동안
나의 시에는 마침표가 없어졌습니다
그동안의 구원은 너무 해진 신발처럼 무효였습니다

마침표 없는 시만이
한 편의 시로 끝나지 않고
다른 시로
다른 시로 이어졌습니다
어둠 속에 숨겨진 불빛 쪼아내며
그것으로 사물과 사물의 배후를 겨우 볼 수 있었습니다

이 세상의 운행은
나의 시 이전에도
이미 단 하나의 마침표 따위도 허락하지 않았습니다
이에 따라
마침표 없는 나의 시야말로
어쩔 수 없이 운행이었습니다
어쩔 수 없는 윤회임을 알았습니다
그것 밖에는

모든 자각은 착각이었습니다

그리하여 나의 시가
날마다 떼 지어 날아오르는 새떼로
떼 지어 내려앉는 새떼로
다른 시인들의 시들이 되는 날들인 것을 꿈꾸었습니다
오 새벽의 푸른 빛이란
얼마나 숨찬 찰나의 음역(音域)입니까
그러나 오늘 하루가
수많은 지난날들의 지칠 줄 모르는 강물로 흘러가며
나의 시는 내일도 모레도 마침표가 없습니다

—『어느 기념비』, 1997

내가 알기로는 내 초기 시의 아름다움과 슬픔은 그대로 그 미숙한 청춘의 존재성을 소중히 간직하게 두고, 독자들은 내 중기와 후반기의 시 세계를 꾸준히 사랑하고 관심을 기울이고 있습니다. 문학평론가들은 대부분의 내 대표작이 이 시기에 속해있다고들 하지요.

문의文義마을에 가서

겨울 문의에 가서 보았다.
거기까지 다다른 길이
몇 갈래의 길과 가까스로 만나는 것을.

죽음은 죽음만큼
이 세상의 길이 신성하기를 바란다.
마른 소리로 한 번씩 귀를 달고
길들은 저마다 추운 소백산맥 쪽으로 뻗는구나.
그러나 빈부에 젖은 삶은 길에서 돌아가
잠든 마을에 재를 날리고
문득 팔짱 끼고 서서 참으면
먼 산이 너무 가깝구나.
눈이여 죽음을 덮고 또 무엇을 덮겠느냐.

겨울 문의에 가서 보았다.
죽음이 삶을 꽉 껴안은 채
한 죽음을 무덤으로 받는 것을.
끝까지 참다 참다
죽음은 이 세상의 인기척을 듣고
저만큼 가서 뒤돌아본다.
지난 여름의 부용꽃인 듯
준엄한 정의인 듯.
모든 것은 낮아서
이 세상에 눈이 내리고
아무리 돌을 던져도 죽음에 맞지 않는다.
겨울 문의여 눈이 죽음을 덮고 나면 우리 모두 다 덮이겠느냐.

―『문의마을에 가서』, 1974

지금은 대부분의 시인들이 SNS 등 독자 관계망을 활발하게 운영하는 경우를 알고 있는데 나는 시인이 독자에게 이런 식으로 다가가는 걸 싫어합니다. 도리어 독자로부터 멀리 이탈하는 것도 좋겠다는 것이 시에 대한 나의 태도입니다.

나는 의도적으로 인터넷을 일체 하지 않으며, 글도 아직 즐겨 펜으로 쓰고 있습니다. 나는 달의 이면(裏面)에 살고 싶은 것입니다. 내 시만 있고 나는 아예 부재(不在)이고 싶을 때도 있습니다.

허공에 쓰고 허공에 던져진 시!

허공에 쓴다

이로부터 내 어이없는 백지들 훨훨 날려 보낸다
맨몸
맨 넋으로 쓴다
허공에 쓴다

이로부터 내 문자들 버리고
허공에 소리친다
허공에 대고
설 미쳐 날궂이한다

이로부터 내 속속들이 잡것들 다 묻는다
허공에 나가 춤춘다

아버지라는 것
어머니라는 것
옛 옥황상제라는 것
그런 것들도
감히 그 이름이 되지 못한다
몇천 년간 없어지지 않고 아직껏 떠도는
신이라는 것도
그 무엇도
그 무엇도
감히 그 이름이 되지 못한다

이로부터 집 없는 벌판 그 어드메 떠내려가서
내 가난의 울음 흐득흐득
허공에 뉘우친다

여기에 이르기까지 그 얼마나 헤매었던가
이제 여기에 이르러
허공의 고금(古今)에 고개 숙여 한 줄을 쓴다 그 무엇을 쓴다

—『허공』, 2008

옛 시가(詩歌) 중에는 작자(作者)가 없거나 작자 미상(未詳)인 경우가 있는데, 거기에 바로 그 시의 무궁무진한 매혹이 있는 것입니다. 그것

이야말로 시가 가진 황홀 아닌가요….

나는 끝내 시 없는 시, 시 없는 시인이고 싶고, 시인 없는 시를 쓰고 싶습니다. 언어 이전이나 언어 이후의 시에 내가 있고 싶은 것입니다.

그 시인

오랫동안 그는 시인이었다
어린이들도
아낙들도
그를 시인이라고 불렀다
과연 누구보다도
그는 시인이었다
돼지와 멧돼지들도
그를 시인이라고 꿀꿀 말하였다

그가 멀리 떠났다가 돌아오는 길에 죽었다
그의 오막살이에는 시 한 편 남겨져 있지 않았다
시를 쓰지 않은 시인이었던가
그래서 한 시인이
그의 시 한 편을 대신 썼다
쓰자마자
그 시조차 바람에 휙 날아갔다

그러자 몇천 년 동안의 수많은 동서고금의 시들도
너도나도 덩달아 휘익 휙 날아가 버렸다

—『어느 기념비』, 1997

5

오늘의 시 독자

라민 | 선생님께서는 선생님의 시와 오늘날 젊은 한국 시인들의 시 사이에 세대 차이가 있다고 느끼시는지요?

고은 | 세대 차이는 생물의 아주 자연스러운 기본 생태의 하나이지요. 이런 자연현상은 시라는 인문행위라고 예외일 수 없어요. 몇천 년 전의 수메르의 시 『길가메시』는 오늘의 언어로도 상당한 현재성으로 읽히고 있습니다. 고대 중국 시가(詩歌)는 2천 년 이후에도 시대를 초월하는 감동을 주고 있습니다. 또 16세기 셰익스피어는 현대 이전의 고전이 아니라 바로 현대 문학에서도 캐논으로 진행되고 있습니다.

이런 것은 그 문학성·예술성이 냉혹한 시간을 견디어 내고 현대성을 가짐으로써 가능한 것입니다.

선술집

기원전 이천년쯤의 수메르 서사시 '길가메시'에는
주인공께서
불사의 비결을 찾아 나서서
사자를 맨손으로 때려잡고
하늘에서 내려온
터무니없는 황소도 때려잡고
땅끝까지 가고 갔는데

그 땅끝에
하필이면 선술집 하나 있다니!

그 선술집 주모 씨두리 가라사대

손님 술이나 한잔 드셔라오
비결은 무슨 비결
술이나 한잔 더 드시굴랑은 돌아가셔라오

정작 그 땅끝에서
바다는 어령칙하게 시작하고 있었다

어쩌냐

—『허공』, 2008

고대와 당대 그리고 미래에의 예정조화(豫定調和)까지 망라해서 존재해 온 시의 에너지는 오늘의 문명 안에서 무시간적(無時間的)으로 해체되었습니다. 그래서 나는 시가 반드시 세대 차이라는 고정관념을 가질 이유는 희박하다고 생각합니다. 나는 늘 동서고금의 여러 저서를 읽고 최신의 물리학 이론을 포함한 책도 많이 읽지만, 그럼에도 70세, 80세의 시와 20세, 30세의 시가 심장과 뇌의 활동량의 차이만큼이나 차이가 나는 것은 불가피한 일입니다.

내 최근의 작품과 젊은 시인들의 실험적인 추구와 색조(色調)가 이질적인 것은 불가피하지요. 청춘에게는 질문이 많고 노년에는 답이 앞섭니다. 하지만 이런 등식(等式)을 타파하는 것도 시의 역할일 것입니다.

아직 가지 않은 길

이제 다 왔다고 말하지 말자
천리만리였건만
그동안 걸어온 길보다
더 멀리
가야 할 길이 있다
행여 날 저물어
하룻밤 잠든 짐승으로 새우고 나면
더 멀리 가야 할 길이 있다
그동안의 친구였던 외로움일지라도

어찌 그것이 외로움뿐이었으랴
그것이야말로 세상이었고
아직 가지 않은 길
그것이야말로
어느 누구도 모르는 세상이리라
바람이 분다

—『아직 가지 않은 길』, 1993

그럴 뿐 아니라 내 시와 젊은 시인의 작품 사이가 거의 무차별이라면 나는 도리어 차별을 지향함으로써 내 뒤에 오는 시들과는 전혀 다른 시를 낳고 싶습니다. 어느 쪽이든 차이가 없는 작품은 공장 제품이 아닐까요?

라민 | 선생님께서는 선생님의 시를 멀게 느끼게도 해주는 당대 한국문화에 대해 어떤 불안감이 있으십니까?

고은 | 없습니다. 나의 시인적 특색은, 결점일 수도 있겠지만, 다른 시들을 의식하지 않는다는 점이에요. 이즈음 나로부터 아주 멀리 있거나 아주 오래되어서 잊혀질 만한 시들을 이따금 만나고 있는데, 최근의 시인들이 끝없이 만들어내는 얄팍한 감수성과 인식에서 나온 다량의 개인적 잡담 같은 작품들의 증정본은 그냥 쌓아놓고 있을 뿐입니다. 다만 눈여겨보는 시인들이 없는 건 아닙니다.

타자(他者) 부재의 내 정신의 폐쇄회로만으로도 내 예술적 긴장을 내면화하기에 나는 여념이 없습니다.

호소

울고 난 뒤에도 사라지지 않누나

뒈져라
뒈져라
얻어맞고 난 뒤에도
이 욱신욱신 쑤셔대는 몸으로도
내버려지지 않누나

사흘 굶고
겨우 무청 국물 먹고 난 뒤에도
앞산 보며
영영 잊혀지지 않누나

돌이켜보면 백 년 억압에도 묻혀버리지 않누나
말 몇 마디 이것
바다 낙조야
이 지긋지긋한 것 어리석은 부등깃 같은 것 말 몇 마디 이것

나 죽기 전에 어쩔 수 없구나

—『허공』, 2008

이런 내 예술적 강박 아닌 강박이 좀 느슨해질 때가 언젠가 올지도 모르는데, 그것은 아마도 내 시의 생산성이 떨어질 때일 것입니다. 그때에나 내가 다른 타자와 화자(話者)의 세계를 만나는 시간이 될지도 모르겠습니다. 지금 시인으로서 나는 나 이외에 대해서는 장님입니다. 시인으로서 나는 근본적으로 소외된 존재일 따름입니다. 하지만 나는 한국 문단에서 소외감을 느껴본 적은 전혀 없습니다.

6

내 안의 사람들

라민 | 선생님께서는 어린이나 농부 그리고 마을 여인네들 등 보통은 중요하지 않게 여겨지는 사람들에 대해 쓰시는 것으로 유명합니다. 그런 사람들에게 더 가까움을 느끼십니까?

고은 | 1970년대 이후, 그 이전에는 나에게 없었던 민중의 발견이 이루어졌습니다. 서구 민족주의의 자기성찰과는 다른 자기 상실 또는 자아 박탈의 생태(生態)에서 당위적 민족주의를 발생시키는 동시대를 인식하게 되었습니다. 그것이 민족사회의 정체성의 발견과 함께 가능했을 때 나는 무명(無名)의 삶들에 극적으로 기울어졌습니다.

어머니

어느 아주머니 혼자 가며
둘인 듯

도란도란 말소리
혹은 어느 소설 읽다가
그 소설 속
버림받은 여자의 울음소리
때때로 이런 것이 사람의 어머니 아니리요
고대 인도 아리안 마야부인만이
성모마리아만이
어찌 어머니리요
또한 해진 뒤 어둑발 다 더듬어도
돌아올 자식 없이도
어찌 어머니 아니리요

—『내일의 노래』, 1992

1970년 한 노동자의 분신자살을 통해 깨달은 민중의 고난과 의지에 내 시적 미학이 반응하며 변화를 이루게 되었습니다. 그들과 동행하면서 나의 시적 전환이 있게 되었어요. 그리고 이런 민중에의 친화성(親和性)은 1980년대 90년대 그리고 21세기의 첫 연대에 이르기까지 『만인보』를 쓰면서 문학으로 구체화되었습니다.

『만인보』에서는 특히 가지지 못한 사람, 박탈당한 사람, 힘없는 사람, 슬픈 사람, 아픈 사람들을 많이 노래했는데, 평론가들은 그 시들이 거의 대부분 민중과 서민을 노래했고 또 그들을 전면(前面)에 배치한 점을 지적하고 평가했습니다.

선제리 아낙네들

먹 밤중 한밤중 새터 중뜸 개들이 시끌짝하게 짖어댄다
이 개 짖으니 저 개도 짖어
들 건너 갈뫼 개까지 덩달아 짖어댄다
이런 개 짖는 소리 사이로
언뜻언뜻 까 여 다 여 따위 말끝이 들린다
밤 기러기 드높게 날며
추운 땅으로 떨어뜨리는 소리하고 남이 아니다
콩밭 김치거리
아쉬울 때 마늘 한 접 이고 가서
군산 묵은 장 가서 팔고 오는 선제리 아낙네들
팔다 못해 파장떨이로 넘기고 오는 아낙네들
시오 리 길 한밤중이니
십 리 길 더 가야지
빈 광주리야 가볍지만
빈 배 요기도 못하고 오죽이나 가벼울까
그래도 이 고생 혼자 하는 게 아니라
못난 백성
못난 아낙네 끼리끼리 나누는 고생이라
얼마나 의좋은 한세상이더냐
그들의 말소리 익숙한지
어느새 개 짖는 소리 뜸해지고
밤은 내가 밤이다 하고 말하려는 듯 어둠이 눈을 멀뚱거린다

—『만인보』 1권, 1986

민족과 민중에 눈뜨면서 나는 늘 그들에게 다가가고 공감하고 그들을 위해 분노하면서 그들에게 가까움을 느꼈고 그걸 시로 많이 썼습니다.

육손이

서른 살 노총각 육손이
손가락 하나가 더 있어서
일 많이 하라고 더 있어서
그의 오른손은 늘 넉넉하구나
타고난 것이라
새삼 거북할 것도 여북할 것도 없다
그 육손이 손으로
구럭 잘 짜고
싸릿대 바작도 잘 엮는다
두 다리 뻗고
육자배기 한 가락 걸치며 안주하며
두레 멍석 짜는데
세상이 아무리 발딱 뒤집혀도
그냥 그대로

짓궂은 사람 바싹 다가가
우르르 쾅! 하고 놀래주어도
그냥 그대로 멍석 짜는데
그런다고 뭐 안 떨어질 간 떨어지겠나
이리 와
이거나 먹어 하고
찬 고구마
어제 찐 고구마 눈으로 권한다
재봉이 아버지 점잖게 말하기를
육손이란 놈 우리 동네 부처님 가운데 토막이여
말은 그렇게 하지만
두 딸 있어도 사위 삼을까? 어림없겠지
암 그렇겠지
말로만 풍년이고 부처님이지

—『만인보』, 2권, 1986

하지만 그것만이 나의 시 세계의 전부는 아닙니다. 나는 또한 꿈꾸는 시인이기에 한편으로는 늘 '우주'의 극대와 소립자의 다차원으로도 자유롭게 떠돌고 싶습니다.

라민 | 『만인보』는 선생님의 대표작 중 하나로 선생님께서 시인으로 살아가시는 동안 만난 사람들을 하나하나 그리셨는데요, 선생님께서는 이 작품을 선생님의 최고의 작품이라고 생각하시는지요? 『만인

보』를 쓰시게 된 배경이 알고 싶습니다.

고은 | 군사독재자 박정희가 암살된 직후인 1980년 봄 정치적 야망을 가진 군인들이 정권을 불법으로 장악했을 때 그때까지 10년동안 민주화 운동을 해오던 재야(在野) 저항권에 동참하고 있던 나도 정치인 김대중과 목사 문익환, 대학교수등과 함께 내란음모, 계엄법 위반, 계엄교사 등의 중죄(重罪)가 들씌워져 육군교도소 특별감방에 투옥되었습니다.

그 당시의 공포 분위기로 보아 우리 중 적어도 5명은 사형이 예상되는 극한상황이었습니다. 나는 최후진술과 최후의 자세까지 미리 준비해 둘 정도로 내 삶의 중단(中斷)에 대비해야 했습니다.

특수 시설의 감방은 폐소(閉所) 공포를 느낄 정도로 창도 없는 매우 협소한 공간이어서 마치 내가 산 채로 관(棺) 속에 집어 넣어진 것 같았습니다. 창이 없는 그 작고 어두운 방에는 담요 한 장, 소변통 하나가 있을 뿐이었어요.

햇볕

어쩔 줄 모르겠구나
침을 삼키고
불행을 삼키자
9사상 반 평짜리 북창 감방에
고귀한 손님이 오신다

과장 순시가 아니라
저녁 무렵 한동안의 햇볕
접고 접은 딱지만하게 햇볕이 오신다
환장하겠다 첫사랑
거기에 손바닥 놓아 본다
수줍은 발 벗어 발가락을 쪼인다
그러다가 엎드려
비종교적으로 마른 얼굴 대고 있으면
햇볕 조각은 덧없이 미끄러진다
방안은 몇 곱으로 춥다 어둡다
육군교도소 특감은 암실이다
햇볕 없이 히히 웃었다.
하루는 송장 넣은 관이었고
하루는 전혀 바다였다
용하도다 거기서 사람들 몇이 살아난 것이다

살아 있다는 것은 돛단배 하나 없는 바다이기도 하구나

—『조국의 별』, 1984

나는 현재 일체가 박탈당하고 미래가 닫혀있는 시커먼 정신상태에 처박혀 있었습니다. 책 한 권도 읽을 수 없는 하루하루를 기억과 추억과 공상과 꿈으로 채우고 있었어요. 그때 나에게 잊고 있었던 그리고 지나간 과거의 얼굴 하나하나가 찾아와 현재를 대행하기 시작했습니다.

멀리 어린 시절의 고향 사람들, 외할머니, 할아버지, 또는 아저씨들, 마을 사람들의 얼굴 하나하나가 떠오르며 내 암흑의 현재를 채워주었습니다. 그것이 나중에는 시의 구상이나 계획으로 발아(發芽)했습니다. 내가 만약 살아나갈 수 있다면 그 얼굴들을 그리리라, 라는 꿈은 나의 극한의 시간과 철저한 소외를 이겨내는 힘이 되었습니다. 제목도 없는 그런 시의 구상 자체가 그 당시의 나를 구원한 것입니다.

고문과 취조 끝에 군법 재판에서 20년을 선고받고 이송된 대구의 감옥에서는 나 때문에 2층 전체를 비워둔 독방에서 살았어요. 감시원이 내 감방문 앞에 작은 책상을 놓고 지키고 있었지요.

나는 감옥에 있는 동안 고대 인도의 산스크리트어를 공부할까 하다가 한국어 사전을 차입 받아 한국어를 공부했습니다. 나는 그때 내가 한국어조차 모르는 것이 많다는 것을 새삼 알게 되었습니다. 그런데 사실은 이 사전 차입도 불허하는 특별 감시 대상자여서 나는 단식투쟁 12일 만에 사전의 차입을 허가 받았어요. 이 단식은 그 당시 북아일랜드의 무장투쟁 운동가 보비 샌즈가 영국의 대처 수상의 무자비한 협상 거부로 69일간의 단식 끝에 옥사(獄死)한 일과 연결되어 한국 군부가 당시 내 단식 투쟁을 받아들였던 사실을 나중에야 알게 되었습니다.

그 무렵 나는 청각이 남아 있던 한쪽 귀에서 고름이 나 단식 투쟁 2주 만에 그 귀를 수술하고 인조 고막을 넣을 수 있었습니다. 나는 지금까지도 그 한쪽 인조 고막으로만 소리를 듣고 있습니다. 또 눈이 잘 보이지 않게 되어 시력을 검사한 후 안경을 쓰게 되었습니다.

감시자의 엄격한 감시를 받으며 2년여 옥살이를 살았습니다. 그러다가 미국과 특히 독일의 브란트 등이 참여한 해외 구명운동과 그들의 영향력 그리고 국내의 지지와 도움에 힘입어 우리는 사면을 받았고 우리나라의 광복절인 1982년 8월 15일 나는 다시 살아서 세상에 나올 수 있었습니다.

출옥한 다음 해인 1983년 5월, 50세의 나는 이상화와 결혼했습니다. 결혼 생활의 행복으로 심신이 점차 회복되고 안정되자 나는 바로 시를 쓰기 시작했어요. 어느 평론가는 이 무렵부터 나에게 '시의 폭발'이 시작되었다고 했습니다.

회고록

스무 살이었습니다.
왠지 살구꽃 피는 봄날을 까룩까룩 싫어하였습니다
굶주렸습니다.
시베리아 이르쿠츠크 영하 40도쯤
그 혹한의 눈벌판에서
탕!
쓰러지고 싶었습니다.
젊은 데카브리스트 확인사살로 쓰러지고 싶었습니다.

우둔한 세월
바라는 것은 숨찬 질풍노도였습니다.

작두에 신선의 손목 잘렸습니다.
괭이에 흙살 찍혀
흙들이 엉엉 울어댔습니다.

예순 살이었습니다.
온갖 잡살뱅이 생략해버렸습니다
늦은 변명들을 가장 경멸하였습니다.
여전히
곱게곱게 갠 날들이 역겨웠습니다.
천둥 번개 때려
먹구름장 칼날 꽂히는
그 벌판의 육체 위로
기뻐 어쩔 줄 모르고
저쪽까지
저쪽까지
달려가야 했습니다.

모든 체념 가라
모든 해탈 가라

예순 살 뒤로도 내내 유치찬란하였습니다.
친구 몇과 함께
한쪽 허파밖에 가지지 않았습니다.
다른 한쪽의 부재를 위하여

다른 곳으로 가야 했습니다.
아직까지 늦게 깨달은 저녁별 같은 체 게바라를 기억하고 있습니다.

후반기는 전반기의 폭발입니다.

—『두고 온 시』, 2002

나는 그동안 내 안 어딘가에 숨어 있었던 『만인보』의 시편들을 쓰기 시작했고 차례차례 출간하기 시작했습니다. 『만인보』의 시들을 쓰는 동안에도 나는 다른 많은 작업을 동시에 진행했으므로 2010년 30권으로 『만인보』를 마무리하기까지 25년이 걸리게 되었습니다. 1980년 감옥에서 『만인보』를 구상한 해로부터 30년 만의 일이었지요.

시는 모두 4,001편이며 등장하는 인물의 이름이 5,600이라는 것은 맨 나중에 출판사가 만든 색인(索引)을 통해 알게 되었습니다.

대바구니 장수

또 대길이 머슴방에는 등짐장수도 오지
아랫녘 대바구니 대소쿠리 겹겹이 매어 지고
멀리멀리 두만강 상상봉까지 서수라까지
하도 추워서 가다가 얼어붙고 가다가 얼어붙고 해서
봄이 와야 발바닥이 떨어진다는 그곳까지
내 나라 실컷 떠도는 등짐장수도 오지

그가 그만 장삿길에 대바구니 값 없애고
딱한 처지가 되자
선뜻 대길이는 새경 밑천 뚝 떼어서
돈을 꾸어 주었지
내년 이맘때 갚으러 오시오
등짐장수 신바람 날리며 떠난 이래
한 해 두 해 되어도 감감 무소식이라
거 봐
거 봐
사람마다 대길이 돈 떼었다고 떠들어도
장작 대길이야 아무 내색도 없이
높이높이 가는 새끼 꼬아올리지
그런 뒤 한 해포 지난 어느 초겨울
돈 꾸어간 대바구니 장수 드디어 나타났지
허어 술 한 병하고 마른 가오리 한 죽도 사왔지
3년 전의 빚과 거기에 더 얹은 얼마 내놓으며
돌고 돌다가 이제야 왔네 미안스럽네
대길이 대꾸 한마디
그동안 고생 많았지요?
한잔 먹세
그럽시다
복길이 얼씨구 한잔 얻어먹고 또 군침 돌지
암 그래야지 그래야지

—『만인보』1권, 1986

『만인보』 완간을 기념하는 큰 규모의 축하연에 미국 시인 로버트 하스는 축하 메시지를 보내왔습니다. 그는 내 『만인보』 시편들을 아주 좋아하여 『워싱턴 포스트』와 『뉴욕 리뷰 어브 북스』 등에 글을 쓰기도 했습니다. 많은 국내외 독자와 평론가들의 뜨거운 반응에 고무되어 『만인보』는 어느새 내 대표작이 되었습니다.

그러나 나의 시 세계는 거기서 멈추지 않았고, 그 후 더 총괄적이고 더 보편적이며 더 멀고 더 가까운 다른 차원의 세계로 종잡을 수 없이 뻗어나갔습니다. 만족에는 부족(不足)의 의미가 반드시 동반합니다 그래서 나는 『만인보』가 나의 대표작이라고 말할 수 있을지 잘 모르겠습니다. 나에게 분명한 것은 나는 아직도 쓸 것이 많다는 것, 오늘 쓴 시가 가장 좋은 시이기를 바란다는 것입니다.

7

오류(誤謬)는 예술의 꿈

라민 | 파울 첼란은 "시는 수많은 열렬한 귀가 여전히 기대하고 있어 보이는 그 언어를 더 이상 말할 수 없다. 시의 언어는 좀 더 소박하고 좀 더 사실에 기반하게 되었다. 그것은 아름다운 것을 불신하고 참되고자 한다"라고 말했는데요, 선생님께서는 이 말을 어떻게 생각하시는지 알고 싶습니다. 물론, 어째서 그가 자신의 비극적 전기(傳記)에서 그런 말을 했는지는 이해할 수 있습니다. 그러나, 첼란이 말하는 것처럼, 세상의 고통을 인정하는 시를 쓰는 일은 불가능할까요? 이것이 선생님의 경우라고는 생각하지는 않습니다만.

고은 | 첼란이 세느강에 투신한 것은 한 시인의 비극인 것과 동시에 시인의 삶이란 반드시 이런 비극이나 죽음과 직결된 어떤 극한 상태의 영혼파멸에 귀결된다는 것을 말해줍니다. 나 자신 40대에 이르기까지 20년 동안 자살 충동이 이어졌고 자살 미수가 여러 번 있었기에 그렇게 이해합니다. 첼란의 예민한 시의 성감대가 나치나 전쟁 폭력 속에서 어떻게 상처받았으며 그 수난의 언어 영혼이 잔인한 비인

간적인 상황 속을 얼마나 허우적거렸는가를 상상할 때 그가 그의 순수성을 더 이상 지탱할 수 없었을 상황에 나는 공감합니다. 그가 아름다움 보다 진실을 더 선호한 것은 거꾸로 말해서 그는 언어의 아름다운 표현이 행여나 진실의 반대인 거짓으로 될지 모른다는 불안을 느꼈기 때문일 것입니다.

어느 시인이나 다 파울 첼란의 그 고통의 제단(祭壇)에 가담할 수는 없지만 첼란의 고통은 첼란의 고유한 체험은 아닐 것입니다. 그의 배경에는 아우슈비츠가 있고, 지금도 도처에 또 다른 인류의 악이 만들어내는 극한상황이 있습니다.

라민 | 선생님께서는 어떤 점에서 시가 실패했다고 느끼신 적이 있으신지요?

고은 | 있습니다. 그러나 그런 깨달음 때문에 나는 그다음 단계에서 실패가 면제될 것입니다. 인생에서는 어떤 성취도 완성은 아니며 어떤 실패도 완성이라는 게 나의 오랜 생각입니다. 예술의 궁극적 미완성이야말로 진정한 완성이라는 역설이 가능합니다. 오류(誤謬)의 오류 같은 완성이야 말로 예술의 꿈입니다.

오류

눈에 보이지 않는 어떤 광선

혹은 원적외선

그런 광선으로

그대의 무지막지한 오류를 비추어

한 송이 꽃으로 피워내며 나비를 부르리

오류! 너 얼마나 축복의 원인인가

—『어느 기념비』, 1997

라민 | 선생님 같은 시인께서는 지금 우리가 살고 있는 비시적(非詩的)인 세계에 언어와 사고방식을 맞추는 것이 얼마나 어려울까요?

고은 | 젊은 날 나는 내가 사회적 장애자의 신분이 아닌가 하는 자기부정적인 상태에 더러 파묻히기도 했습니다. 어린아이 같은 밤의 시인적 오만이 낮에 만나는 사회의 적극적인 생활과는 무관한 사실을 곱씹을 때가 더러 있었어요. 특히 젊은 날 오래 지속된 허무주의는 나의 능동성이나 주체적 활동을 가로막았습니다. 더러 내가 돌출적으로 어떤 용기를 발휘할 때도 그것이 나의 것이 아니라 의외성(意外性)의 산물로 나오기 십상이었어요.

나는 첫째 타고 난 눌변이에요. 그러므로 '비시적(非詩的) 세계'에서는 내 세속적 효능이란 내 언어 행위에서나 의식의 행간(行間)에서나 더욱 초라하기 그지 없었습니다. 다만 오랜 종교적 수행기를 거쳤기에 선(禪)의 직관이 내 무의식의 어딘가에 뿌리 내렸을지 모릅니다. 선(禪) 생활을 할 때는 신체의 중심인 단전(丹田)에서 정신의 섬광 혹은 원시 정령의 마그마 상태인 찰나적인 즉흥의 언어가 자주 솟아났습니다.

세속적인 질문에 대한 내 진술의 불완전성은 거꾸로 내 시적 언어의 선천적인 '자동서술' 때문일지도 모릅니다. 이른 바 1차 언어의 현실과 2차 언어의 조화가 대칭 혹은 비대칭을 드러내는 것이 내 언어의 특징일지 몰라요.

비트겐슈타인이 '파도'라고 하는 언어에서는 파도 소리가 나지 않는다고 말하기 훨씬 이전에 이미 나는 '파도'라고 쓰면 저녁 파도 소리가 들리는 시의 세계에 닿아있었습니다. 그것은 현실의 언어가 내 '비현실의 언어'에 경배(敬拜)하지 않으면 안되었기 때문입니다. 어떤 날은 세상의 언어와 절연한 채 나의 언어 속에서 누에고치를 만들고 싶은 충동에 사로잡히기도 합니다.

나는 근대 문학이 언어의 불명료성(不明瞭性)을 성찰하는 것과 달리, 모든 영역에서 언어가 얼마나 오류의 도구인가를 자주 체험합니다. 그런데 언어의 이런 불완전성이나 언어의 오류성이야 말로 현실의 복잡성과 동행하고 있습니다. 혼돈인 것입니다.

폴 발레리는 투명을 신비라고 말하지만 나는 혼돈이 신비라고 말합니다. 이런 내 반동은 언어와 문자를 내버린 즉심(卽心)의 선(禪)에서 얻은 것인지도 모릅니다.

말에 대하여

그토록 벗어날 수 없는 유전(遺傳)의 항구였던
내 모국어를 한동안 떠나서

거부하다가
거부하다가
함께 소용돌이쳐 현기증이던
내 외국어를 떠나서

밤마다 학꽁치 파란 불빛에 피 흘러
이 나라
저 나라
인도 1천6백 가지의 오랜 말들의 진흙 먼지를 떠나서

끝내 인간과 인간의 말을 떠나서
숨찬 자유

아메바
혹은 바이러스의 말을 몰래 듣는 날
가을 끄트머리
한층 드높아진 풀벌레의 말과 노래를
가까운 숲속의 서로 다른
참나무와 잣나무 사이
거기까지 다가온 바람에 휩쓸리며
서로 주고받는 말을 듣는 날
오 인내의 행복

동남아시아 메콩강 언저리

몇천 미터 사이
암 코끼리의 노래 듣고
늙은 수 코끼리 너풀거리는 귀로 달려가는 날

바다 밑 방금 태어난 어둠과 묵은 어둠
고래와 고래 사이
그것들이 서로 주고받는 노래 몰래 듣는 날로부터 떠나서

만 권의 책
나는 너무나 인간의 말만으로 살아왔다
나는 너무나 내 말만으로 살아왔다

인간이란 자주
우주의 서열에서 꼴찌에 가까운 것을
해 저문 직선의 길 어디쯤
술 한 모금조차 과분한 것을

천만다행인 것은
아직 남아있는 강물
거기 고개 숙여
푸른 갈대와 나 사이
추운 겨울이면
겨울잠 깊은 개구리와 나 사이
얼음장 아래 한 마리 피라미와 나 사이

사이의 기쁨으로부터 떠나서

그다음 어떤 말도 금지된
페르시아 수피파(派)의 침묵이 넘치는
사이의 기쁨
어떤 벙어리와 벙어리 사이

세계는 온통 말의 무덤일 뿐
그 무덤으로부터 떠나서

—『속삭임』, 1998

라민 | 선생님께서는 2010년에 노벨문학상 후보 중 한 사람이었을 때 놀라셨나요?

고은 | 어느 외국 신문은 나를 '단골 후보'라는 별명을 붙이기도 했다고 들었습니다. 그 상의 후보에 들었다고 15년 이상 외신이 전하고 있음에도 불구하고 나에게 그것은 수평선 저쪽의 다른 항구에서 벌어지는 일이고 그래서 거기서 무슨 일이 벌어지고 있고 무슨 말을 하고 있는지 내가 알 수 없으니 관심도 없습니다. 사실 처음 그런 소식을 들은 것이 2002년이라고 아내가 기억하고 있는데, 그것은 마침 그 해 내가 우리나라 나이로 70세여서 아시아의 관습으로 가을에 그것을 기념하는 한 커다란 문학 행사가 기획되어 있었기 때문입니다. 한국의 한 신문사에서 전화로 그 소식을 알려주어 내가 학교에 가 있는 아내에게 전해주었다고 아내가 기억하는군요.

그런 소식에 나는 어린이처럼 기뻐하지도 않았고 노인처럼 잔 기침을 하지도 않았습니다. 다만 해마다 집 밖에 국내외 신문 방송사에서 온 사람들이 한바탕 모여들었다가 한국 시간으로 저녁 8시 발표시간 후에는 모두 아쉬워하며 방송 장비를 철수하고 떠난 뒤의 밤중의 적막이 처음에는 조금 스산하기도 했습니다. 하지만 몇 년 후부터는 점차 그것에도 무감각해졌습니다. 아내는 내게 그 상은 조금 더 명예로울지는 모르지만 세상의 많은 문학상 중 하나일 뿐이며 세상에는 그보다 더 중요한 일이 많이 일어나고 있다고 말한 적이 있습니다.

우리는 집에서 그 상에 대해 말하지 않습니다.

8

지상에서의 유랑(流浪)

라민 | 삶의 숱한 고난과 시련을 겪으신 선생님처럼 경험이 풍부한 시인에게 노벨상은 얼마나 중요한가요?

고은 | 사실인즉 이제까지 이런 질문에는 한 번도 대답한 적이 없습니다. 나는 옛 시인들은 무슨 문학상 없이도 얼마나 위대한 시의 삶을 살았는가를 이따금 생각합니다.

단테가 후반생(後半生) 망명 생활에 쓴 『신곡』을 생각합니다. 시인은 시대의 총아(寵兒)일 때도 있지만 그보다는 시대의 이단(異端)이며 희생의 대상이 될 때가 더 많았습니다. 중국의 옛 시인 이백은 시인은 달나라에서 추방당한 존재이며 이 지상에서는 유랑자(流浪者)라고 말했습니다.

그 말은 그를 육친(肉親)의 형으로 섬기는 나에게도 해당되지 않을 수 없습니다.

회상

그토록 오래 바람 불었네

그토록 오래 파도 쳤네

그토록 오래 달밤에 늑대 울었네

그토록 오래

하늘이 푸르렀네 푸르러 푸르러 소로 버러지로 울었네

—『내 변방은 어디 갔나』, 2011

라민 | 마지막으로, 윌리엄 워즈워드는 언젠가 "바로 이 세상, 우리 모두의 이 세상, 우리가 행복을 찾거나 혹은 결코 찾지 못하는 장소인 이 세상에서" 라고 쓴 적이 있습니다. 선생님께서는 이 지상에서 행복을 찾으셨는지요? 그리고 선생님께서는 죽음을 두려워하시는지요?

고은 | 첫째 나는 죽음이 무섭지 않습니다. 아니 죽음이야말로 나의 최종 목적지일 것입니다. 나는 어떤 삶도 그 자체로 완성이라고 생각하지만, 삶이 미완성이라면 그것은 죽음으로 밖에는 극복할 수 없습니다.

나는 내 뜻과 상관없이 태어났습니다. 그러므로 공포나 불안 따위

를 안고 죽고 싶지 않습니다. 내 단시 중,

지는 잎새들 춤추며 진다
이 세상 떠날 때
나도 춤추며 떠나리

가 있는데 남아공의 시인 브라이튼 브라이튼바하가 그 시를 좋아했어요. 또 나는 '죽음'에 대해 말하면서 "나 죽을 때 몇 사람 짝짝 박수쳐라" 라고 쓴 적이 있습니다

나는 아내와 지극히 행복한 삶을 살고 있습니다. 이런 걸 말로 하고 싶지 않을 정도로 사랑의 비의적(秘義的)인 삶을 살고 있습니다. 아내와 나는 사랑과 학문이 예술에 헌신하는 삶 또는 예술과 학문이 사랑에 헌신하는 삶을 살고 있습니다.

단풍나무 옆에
산딸나무 있네
산딸나무 옆에
상수리나무 있네
상수리나무 옆에
내 아내도 있네

—『순간의 꽃』, 2001

나는 1970년대 말 노동운동의 극단에서 가족은 악(惡)이라고 까지 나 자신을 몰고 감으로써 나에게서 사적(私的)인 요소를 도려내려고 애쓴 적도 있습니다. 그러나 뒤늦게 시작한 아내 이상화와의 삶은 늘 행복의 본질과 내 마음이 일치되는 삶입니다.

아내의 잠

거기 간다
아내의 잠 속 어느 곳

지금의 소쩍새가 아닌
태초의 소쩍새가 운다
지금의 소쩍새가 아닌
아직 오지 않은 미래마저
태초인 소쩍새가 운다

사랑은 사랑의 시원(始原)을 애도한다

—『상화시편』, 2011

아내는 이런 말을 못 하게 하지만, 아내가 아니었으면 나는 필경 시나 쓰고 술이나 퍼마시다가 아마도 20년, 30년 전에 길거리나 술집에서 죽었을 거에요.

사회는 그 덕성이나 가치의 명분으로 '선공(先公)' '지공(至公)'을 표방함으로써 공적인 것에 절대 의미를 부여해오고 있습니다. 이것이 때로는 전체주의 국가주의가 되어 개체를 억압하는 체제가 되기도 합니다. 불교도 근본불교의 수행(修行) 중심에서 소승(小乘)이라는 권위주의로 나아가고 그것이 대중 지향의 보편인 대승불교로 발전해서 공적인 확대 과정을 이루어왔습니다. 이럴 경우 사(私)나 개체는 거의 배제되기까지 합니다.

나는 공(公)은 사의 반영이고 사는 공을 전제로 함으로써 이 둘은 두 생존형태의 양면이라고 생각합니다. 내면은 외부 없이 불가능하고 외부는 내면 없이 의미가 주어지지 않는 것입니다. 이즈음 나는 공은 사들의 총화이고 사는 사일수록 공의 요소라고 자주 말하고 있습니다.

나는 이제 아내와 딸과 나 셋의 내 가족 단위를 일종의 사적(私的) 삼위일체로 삼고 있습니다. 이 삼위일체는 기독교 이전의 고대 인도에서 이미 시작한 이념적인 좌표(座標)이기도 합니다.

해가 진다

내 소원 하나
살진 보름달 아래 늑대 되리

—*『순간의 꽃』 서시, 2001*

부록

『고은과의 대화』에 실린 시 목록

1. 아버지
2. 어린 은태
3. 어머니
4. 진달래
5. 아베 교장
6. 할아버지
7. 머슴 대길이
8. 봉태
9. 한하운!
10. 타인의 눈
11. 빨갱이 2
12. 폐허
13. 아지랑이
14. 사제간
15. 시
16. 잠
17. 애마 한스와 함께
18. 예감
19. 나
20. 무제 시편 193
21. 천은사 운(韻)
22. 무제 시편 254
23. 묘지송(頌)
24. 어느 자화상
25. 전태일
26. 2 단어에 대한 정의
    (역사, 전위)
27. 6 단어에 대한 정의
    (현실, 정의, 평등, 인류, 공동체, 권력)
28. 시인의 마음
29. 4 단어에 대한 정의
    (공산주의, 욕망(2), 소유, 혁명)
30. 내일
31. 일인칭은 슬프다
32. 『순간의 꽃』에서 9편
    (영어본은 7편 그리고 조금 다른 시선)
33. 어젯밤 꿈에 쓴 시
34. 살생
35. 삼사경
36. 흰 돛
37. '시'에 대한 3개의 정의
38. 모국어
39. 나무의 앞
40. 조국의 별
41. 아 세종
42. 임종
43. 내 변방은 어디 갔나
44. 북한

45. 흰 나비
46.『뭐냐』에서 선시 9편
47. 라싸에서
48. 자화상
49. 내생
50. 그 속삭임
51. 어느 전기
52. 한 충고
53. 죽은 시인들과의 시간
54. 아직 가지 않은 길
55. 삼거리 주막
56. 화살
57. 긍지
58. 여생
59. 어느 기념비
60. 부탁
61. 삶
62. 독백
63. 대답
64. 실크로드
65. 달밤
66.『두고 온 시』에서 8편
67. 아리랑
68. 토요하라
69. 만순이
70. 히말라야 이후
71. 그대 순례
72. 가고 싶은 곳
73. 평화의 노래
74. 그것은
75. 휴전선
76. 평화 3
77. 꿈 시
78. 4행의 노래
79. 타클라마칸사막
80. 열
81. 부활
82. 한반도 시편
83. 밤 하늘 우러러
84. 저 그리움 좀 봐
85. 무제 시편 21
86.『순간의 꽃』에서 6편
87. 너에게 시가 왔느냐
88. 귀
89. 밤비 소리
90. 그 폭포 소리
91. 백색의 노래
92. 나는 칠보시를 쓰지 않으리라
93. 두고 온 시
94. 5 단어에 대한 정의
(사랑, 예술, 언어, 자유, 문학)
95. 소년의 노래
96. 어떤 기쁨
97. 노래 섬
98. 3 단어에 대한 정의
(악, 매스 미디어, 물질주의)
99. 폐결핵
100. 나의 시

101. 문의마을에 가서

102. 허공에 쓴다

103. 그 시인

104. 선술집

105. 아직 가지 않은 길

106. 호소

107. 어머니

108. 선제리 아낙네들

109. 육손이

110. 햇볕

111. 회고록

112. 대바구니 장수

113. 오류

114. 말에 대하여

115. 회상

116.『순간의 꽃』에서 한 편

117. 아내의 잠

118.『순간의 꽃』서시

고은과의 대화

2022년 11월 30일 1판 1쇄 찍음
2024년 06월 10일 1판 2쇄 펴냄

대담 라민 자한베글루, 고은
펴낸이·편집장 윤한룡
디자인 윤려하
관리·영업 이소연
홍보 고 우

펴낸곳 (주)실천문학
등록 10-1221호(1995.10.26)
주소 남양주시 퇴계원읍 퇴계원로 52 405호
전화 02-322-2161~3
팩스 02-322-2166
홈페이지 www.silcheon.com

ⓒ 라민 자한베글루, 2022

ISBN 978-89-392-3126-9 03810

이 책 내용의 전부 또는 일부를 재사용하려면
반드시 지은이와 실천문학 양측의 동의를 받아야 합니다.